Konrad von Würzburg

Der Schwanritter. Eine Erzählung

Konrad von Würzburg

Der Schwanritter. Eine Erzählung

ISBN/EAN: 9783743319288

Hergestellt in Europa, USA, Kanada, Australien, Japan

Cover: Foto ©Andreas Hilbeck / pixelio.de

Manufactured and distributed by brebook publishing software
(www.brebook.com)

Konrad von Würzburg

Der Schwanritter. Eine Erzählung

DER SCHWANRITTER:

EIN ERZÄHLUNG

Konrad (von Würzburg),
Franz Roth

besitzen sîne hêrschaft.
seht, alsus wart dô kriechaft
dër herzog ûz dër Sahsen lant
mit dirre frouwen alzehant
umb ir liute und umb ir guot;
durch sînen hôhen übermuot
bestuont ër si mit strite.
si liez in bî dër zîte
hantvesten unde brieve sëhen,
swie vor dën hërren was geschëhen
mit rëhte daz gedinge,
daz âne missselinge
daz lant ir erbe solde sîn.
daz truoc die wërden herzogîn
gar lützel unde kleine für,
wan ir nâch sînes hërzen kür
dër fürste rich von Sahsen
liez grôzen schaden wahsen.
Ër quam geriten in ir lant
mit gewaldeclicher hant
und mit sô grôzer hereskraft,
daz sich diu frouwe tugenthaft
mit nihte kunde sîn erwern;
wan ër begunde si verhern
mit roube und ouch mit brande.
an liuten unde an lande
wart ir verlust vil manecvalt.
kein ritter was in ir gewalt,

dër ime getörſte widerſtûn;
30 ir dieneſtliute ſi verlân
mit hëlfe dô begunden;   3, 53
dëm fürſten ſi enkunden
gurliugen noch geſtriten,
dû von ir zallen zîten
35 dër fürſte vil ze leide tete.
ër brach ir dörfer unde ſtete
mit ſchedclichen reiſen: 1ᵇ
ze nœten und ze freiſen
dës tët ër vil unde gnuoc.
40 ze jungeſt ſich diu zît getruoc
von wilder âventiur alſô,
daʒ dër künec Karle dô
rilichen, als ein rœmſcher voget,
quam in daʒ Niderlant gezoget
45 und wolde drinne rihten
und allez daʒ verſlihten,
daʒ für in quœme dô ze klage,
als noch hiute und alle tage
billîche ein rœmſcher künec tuot.
50 ër quam in eine veſte guot
mit dër hovediete ſîn,
diu lit, dâ ſich dër ſnëlle Rîn
wil ſëwen unde ergieʒen
und in daʒ mer kan flieʒen,
55 als ëʒ noch manegem iſt bekant;
Niumâgen iſt diu burc genant,
dâ Karle nider ſich gelieʒ.
ër bat dâ künden unde hiez
dën liuten von dëm lande ſagen,
60 ſwër vor im iht wolde klagen,
daʒ dër für in dô quœme
und guot gerihte nœme   3, 54
nâch ſime rëhten alzehant.
diu herzogîn ze Brâbant
65 als ſi vernam diu mœre,

dô quam diu tugentbære
mit ir tohter wunnevar
für dën erwelten künec dar
und fuochte an im gerihte fâ.
70 nû was ouch bî dër zîte dâ
dër herzog ûz dër Sahfen lant
und manec hërre wîte erkant,
die gërne fuochten fînen hof,
und manec wërder bifchof,
75 dër hërze tugende fich verfan;
grâven unde ouch dieneftman,
herzogen unde frîen gnuoc
und manec rîcher fürfte kluoc
die wâren ûf dëm palas.
80 dô Karle ûf ein geftüele was
gefëzzen durch gerihte,
vor fîner angefihte
begunde klagen alzehant
diu herzogîn von Brâbant
85 unde ir tohter junc diu maget.
zuo dëm ûz Sahfen dô geklaget
von in beiden fêre wart.
die frouwen rîch von hôher art
dëm künge ir fchaden feiten,
90 ir ungemach fi leiten
dën ôren fîn mit rede für,
fwie fi nâch fînes hërzen kür
vertribe dër herzog âne fchult
und fwaz ër grôzer ungedult
95 an in begangen hæte
mit worten uud mit tæte.
Nû fi vor Karlen beide
mit jâmer und mit leide
geftuonden klegelich alfô,
100 vil fchiere wart befchouwet dô
ein fremedez wunder ûf dëm fê,
daz man gefuch nie keinez mê,

1ᶜ

3, 55

daz wunderlicher wære
und ouch fô tugentbære.
105 Dër künec dô blicte nëben fich
aldurch ein vënfter wunneclich,
dô fpürte ër, daz ein wîzer fwan
flouc ûf dëm wazzer dort hër dan
und nâch im zôch ein fchiffelin
110 an einer ketene filberîn,
diu lûter unde fchône gleiz.
dër vogel fich dës harte fleiz,
daz ër die kleinen arken
gezüge von dëm vil ftarken
115 wilden wâge unmâzen tief.
ein ritter in dëm fchiffe flief,
dër hëte fich dar în geleit,
dar über ein fpalier was bekleit,
daz liehten fchîn dën ougen bar
120 von palmâtfîden rôfenvar,
in dëm diu funne fpilte.
dër helt ûz fîme fchilte
gemachet hët ein küffîn
ûf dëm fô lac daz houbet fîn
125 durch ruowe dâ befunder.
ich fage iu von im wunder,
wëlt ir mit willen fin gelofen:
fin hëlm, fin halsbërc unde hofen
diu wâren nëben in geleit,
130 ër hëte fîniu wâfenkleit
mit im geflteret ûf dën fê.
dër fwane wiz alfam dër fnê
fuorte an ime dën fwæren foum.
dër fëgel und dër maftboum
135 dës fchiffelines wâren guot.
dën ritter ûf dës wâges fluot
zôch dër vogel dort hër dan:
in fuorte als ebene dirre fwan,
daz nie kein marner ûf dëm mer

1⁴

3, 56

140 ein ſchif geleite ſunder wer
ſô wol, als in dër elbeʒ tete,
wan ër in zuo dës landes ſtete
gar ordeulîche wîſte.   3, 57
und dô dër hôchgeprîſte
145 künec Karle daʒ erſach,   2 ª (3 ª)
dô ſtuont ër ûf unde ſprach:
'wil ieman ſchouwen unde ſpëhen
daʒ græſte unbilde, daʒ geſëhen
ie wart ze keinem mâle,
150 dër kêre ſunder twâle
mit mir zuo dës meres ſtade.
ein vogel ziuhet ſô gerade
ûf dëm waʒʒer dort hër dan
ein ſchiffelîn und einen man,
155 daʒ man daʒ wunder nie bevant:
ër wil in füeren an diʒ lant
ab dës vil tiefen meres fluot.
wol ûf, ir mæren helde guot,
und îlent mit mir an dën ſê!
160 dër elbeʒ wîʒ alſam dër ſnê,
geverwet ſô daʒ blüende rîs,
dër kêret dar ûf ſîne wîs,
daʒ ër dën belt geleite
ze lande vil gereite
165 und in ze ſtade bringe.
ſô wunderlicher dinge
wart ſëlten ie geſchouwet iht,
ſô daʒ man einen vogel ſiht
ûf waʒʒer ſüeren liute.
170 ſwaʒ ouch ſîn kunft betiute,
ſi zeiget fremdiu mære:
ein ketene wunnebære,
diu von ſilber iſt geſlagen,   3, 58
iſt im geſmidet umb dën kragen
175 und an daʒ ſchiffelîn geworht;
ër wil dën ritter unervorht

hër wîfen zuo dër vefte.
got hât uns wilde gefte
gefant hër ûf dëm wâge wît:
180 ein ritter in dëm fchiffe lît,
dër ift dar în entflâfen,

fîn harnafch und fîn wâfen
glanz unde miffewende frî
fint im geleit vil nâhe bî.'
185 Diʒ mære ummâʒen wilde
daʒ dûhte ein grôʒ unbilde
die ritter algemeine,
die bî dëm künege reine
wâren ûf dëm wîten fal.
190 geloufen quâmeuf über al
hin abe dëm hûs alzuo dëm fê.
nieman beleip von liuten mê
dës mâles ûf dër vefte guot,
wan die frouwen ungemuot,
195 die klagen wolden bî dër zît:
dër ungemüete was fô wît
und alfô breit ir fwære,
daʒ fi niht fremder mære,
noch âventiur geruochten;
200 wan fi gerihte fuochten
vil gërner, danne wunder.
dâ mite und ouch hier under
die arken hëte dô dër fwan
gewîfet zuo dër vefte dan

205 und was mit ir ze lande komen,
dâ von dër ritter ûʒ genomen,
dër in dëm fchiffeline flief,
was ûf dëm wilden wâge tief
erwecket unde erwachet.
210 ûf hët ër fich gemachet
vil fchiere ûʒ fîner arken,
dës wart dër helt mit ftarken
êren fchône enphangen,

wan Karle quam gegangen
215 im engegen an daz mer
mit eime ritterlichen her
unde enphienc in alſô wol,   2ᶜ
daz man enphâhen nimmer ſol
baz dekeinen jungelinc.
220 ër hiez behalden ſîniu dinc
und wart von ſiner künfte frô.
'got weiz wol, hërre,' ſprach ër dô,
'daz iuch ein fremder marner hât
ân alle ſchemelîche tât
225 gefüeret hër in unſer lant.'
dû wurden ime vil wol zehant
diu lichten wâfenkleider ſin
getragen ûz dëm ſchiffelin
und wurden ûf die burc geſant.
230 dô nam dër künec ſâ zehant
dën wërden ritter ûz erwelt
und fuorte dën kürlichen helt
mit ime von dannen ûf daz hûs.   3, 60
die liute machten iren grûs
235 von diſem wunder wilde,
daz ſin erweltez bilde
ein elbez hëte dar gezogen.
dër helt an manheit unbetrogen
dën vogel hiez dô këren dan:
240 'fliuc dinen wëc, vil lieber ſwan!'
ſprach ër güetlîche wider in.
'ſwenn ich dîn aber dürftee bin
und dich in nœten brûchen ſol,
ſô kan ich dir geruofen wol
245 und dich hër wider bringen.'
ſeht, dô begunde ſwingen
dër elbez balde ûf ſine vart;
daz ſchiffelin gefüeret wart
mit im von dannen über ſê:
250 man ſach ir beider dô niht mê,

wan ſi dô ſunder lougen
dën liuten abe dën ougen
ſchier unde balde wâren komen.
dër gaſt hin ûf daz hûs genomen
255 von dëm erwelten künege wart.
durch ſine ritterlichen art
wart ër ze wunder an geſëhen,
man dorfte keinen ritter ſpëhen
nie ſô wunneclichen mêr.
260 dër künec gewaltec unde hêr
giene an ſin geſtüele wider
und ſaz an daz gerihte nider,
als ër geſëzzen was dâ vor;
dër gaſt ouch nëben in enbor
265 geſetzet wart von ſiner hant
für mangen fürſten wîte erkant.
Nû Karle an ſin gerihte quam
und aber ſich dës ane genam,
daz ër dô wolde rihten
270 und allez daz verſlihten,
ſwaz krumbes dinges wære dâ;
dô ſtuont eht aber ûf ieſâ
diu herzogin von Brâbant.
ſi nam ir tohter an ir hant,
275 diu glanz was unde reine;
von fleiſche noch von beine
wart ein kint als ûz erkorn
in Brâbanden nie geborn,
ſô diu vil keiſerliche fruht.
280 an ir lac êre mit genuht
an libe und an gelâze;
liutſælec ûz dër mâze
ſô ſchein diu guote bî dër zît.
ſi zierte ein grüener ſamît,
285 dës truoc ſi mantel unde roc
und hermin was daz underzoc
dër wunneclichen wæte:

ein ſchapël ûfe hæte
diu ſchœne und diu vil klâre,   3 ª (4 ª)
290 daz lûhte von ir bâre
von golde und ouch von gimmen.
und hæte ſi niht grimmen
und angeſtbæren ſmërzen
gehabet an ir hërzen
295 umb ir liute und umb ir lant,
ſô wære an ir dër wunſch bekant   3, 62
und aller ſælden überhort.
ir muoter klegelîchiu wort
leit aber umb ir ſchaden für
300 dëm künge rîch von hôher kür:
ſi bat gerihtes unde ſprach:
'lât iuch mîn bitter ungemach
erbarmen, hërre tugende rîch.
ſit iu nie keiſer wart gelîch
305 ûf ërden an gerëhtekeit,
ſô rihtet mir diz hërzeleit,
daz ich ân alle ſchulde
von dëm herzogen dulde
ûz Sahſen, dër hie vor iu ſtât
310 und âne rëht vertriben hat
von liuten und von lande mich;
durch übermuot hôchverteclich
tuot ër mir ungenâde ſchîn.
ër wil mich und die tohter mîn
315 an guote gar verderben
und alles dës enterben,
dës wir ze lêhen ſolten hân.
ſwaz uns hie gültes wart verlân
von dëm herzogen Gotfride,
320 dër von getriuwes hërzen lide
was unſer beider friunt bekant,
daz wil mit frevelicher hant
verſtôzen uns ſin bruoder doch   3 ᵇ
und wizzen ëz die liute noch   3, 63

gelîche und algemeine,
daȝ uns dër fürſte reine
Gotfrit ſîn lant beſitzen hieȝ
und uns Brâbant zeim erbe lieȝ,
ê daȝ ër fuor ûf gotes vart.
uns beiden ëȝ gemachet wart
von ſîner milten hant alſô,
daȝ ër uns gap dës brieve dô,
daȝ wir dës landes wielten
und immer ëȝ behielten
beid in gewalte und in gewer;
ſeht, alſus kêrte ër über mer
und iſt dâ leider tôt beliben.
ſît hât ſîn bruoder uns vertriben
mit roube und ouch mit brande.
ër wil uns von dëm lande
vertrîben ſunder alle ſchult,
daȝ ir uns rihten, hërre, ſult
durch iuwer ſælde küneclich.
lât mîne tohter unde mich
gnâd unde rëht beſchouwen,
ſô daȝ uns armen frouwen
belibe guot, liut unde lant,
daȝ uns von mînes hërren hant,
dër ein fürſte was von art,
offenlich gemachet wart.'
Dër herzog ûȝ dër Sahſen lant
dër rede antwürte bôt zehant
ſchôn unde witzeclîche alſô.
'got weiȝ wol, hërre,' ſprach ër dô,
'daȝ ich unrëhtes niht engër.
Brâbant enhât gefüeret hër
daȝ rëht vil manec hundert jâr,
daȝ drinne mac kein frouwe klâr
gebieten noch gewaltec ſîn,
ſwie doch diu wërde herzogin
dar ûf mit flîȝe ſtelle,

3, 64

3ᶜ

daʒ ſi dës landes wëlle
mit ir hêrſchefte pflëgen.
ſit daʒ mîn bruoder tôt gelëgen
265 nû jenſît meres leider iſt,
ſô diuhte mich daʒ, wiʒʒe Criſt,
von ſchulden ungebære,
daʒ ieman für mich wære
gewaltec in Brâbanden;
270 ëʒ ſol in mînen handen
belîben unde in mîner pfliht.
wîp unde tohter erben niht
die ſëlben hôhen hêrſchaft,
ein ſun belîbet erbehaft
275 unde ein man dar inne wol,
dâ von ich dâ billiche ſol
ein herzog unde ein hërre ſîu.
Gotfrit, dër * * bruoder mîn,
iſt âne ſun geſcheiden hin,
280 dâ von ſô heiʒe ich unde bin
ſîn erbe gar mit rëhte,
wan ime iſt von geſlehte
nieman ſô nâhe ſippe, als ich.
war umbe ſolte ieman für mich
285 gewaltec ſîn ze Brâbant?
joch muoʒ dâ dienen mîner hant
alt unde junc, man unde wîp.
ſit daʒ dekeiner frouwen lîp
beſitzen ſol daʒ fürſtentuom,
290 ſô wil ich ſîner wirde ruom
an mich dâ ziehen unde lëſen
und an mîns bruoder ſtete wëſen
herzoge vil gewaltec,
dës gülte manecvaltec
295 von erbe ûf mich gevallen ſint.
ſwie gar von rëhter ê ſîn kint,
mîn niftel, ſi, doch hât ſi niht
ze ſîne lande ſtæter pfliht,

3, 65

3 d

noch fol ze rëhte ëʒ niht bewarn,
400 wan ër ift âne fun vervarn,
dër finiu lant befitzen
mit kreften und mit witzen
von wâren fchulden folte.
fwër mir fin erbe wolte
405 enpflœhen ûʒ dër hende min,
ër müefte vil gewaltec fin
über mich naht unde tac.
dën kriec, dën ich geleiften mac,
dën müefte ër immer liden,
410 ê daʒ ich wolde miden   3, 66
daʒ rëht vil manger hande,
daʒ ich hân zuo dëm lande.'
Diu frouwe dô mit leide fprach:
'ze kriege wære ich iu ze fwach
415 und ouch min tohter leider,
ir wærent unfer beider
und ouch dër lantrifiere
gewaltec worden fchiere,
beftüenden wir iuch ftrites.
420 fô breites noch fô wites
betwinges wir niht beide hân,
daʒ iu getörfte widerftân
mit urliug unfer zweier lip:
wir fin zwei kreftelôfin wip;
425 dâ von fô mügen wir niht urlogen
mit eime richen herzogen,
dër guot hât unde fterke.
die nôt dër künec merke
und hëlfe uns hie gerihtes;
430 wir beide enmuoten nihtes,   4ᵃ (5ᵃ)
wan daʒ uns unfer rëht gefchëhe
und ër geruoche, daʒ ër fëhe
die brieve und dër hantveften kraft,
fwâ mite uns wart diu hêrfchaft
435 dës landes wol beftætet.

ſit im ſin triuwe rætet
êr unde ganze wârheit,
ſô lâʒe uns ſin gerëhtekeit
an guote niht vertriben
440 und hëlfe uns armen wîben,
daʒ wir behalten unſer lant.
hie wirt geziuge vil bekant
dër dinge, daʒ dër hërre mîn
uns beiden hât daʒ erbe ſîn
445 mit frîer hant gemachet.
ſwër uns dar über ſwachet
und uns an gëlte wil verhern,
daʒ ſol dër wërde künec wern
und ſîn gerihte manecvalt.
450 man tuot uns beiden hie gewalt,
daʒ wiʒʒen die lantliute wol
und manec hërre tugende vol,
vor dën geſchëhen iſt daʒ dinc,
daʒ uns dës landes umberinc
455 Gotfrit ze rëhtem erbe lieʒ
und uns Brâbant beſitzen hieʒ,
ob ër niht wider quæme.
gebære und ouch gezæme
was dannoch ſiner frîen hant,
460 daʒ ſîne gülte ër und ſîn lant
gap, ſwar in ſin wille truoc:
jâ, ëʒ enwas kein ungefuoc,
ob wir an ſiner hende
ân alle miſſewende
465 niht unde gnâde funden.
gevangen noch gebunden
was dër helt dës mâles niht,
dô wir ſin lant in unſer pfliht
enphiengen von dëm fürſten balt.
470 er hëte dannoch dën gewalt,
daʒ ër nâch ſinem muote
mit libe und ouch mit guote

4ᵇ

3, 67

3, 68

moht unbetwungenlîche lëben.
dâ von ër uns getorfte gëben
475 fîn lant und fîne liute wol.
dar an dër künec, mîn hërre, fol
erbermeclichen hiute fëhen,
und lâze uns hie daz heil gefchëhen,
daz wir behalten unfer habe,
480 die man uns hie wil brëchen abe
gewaltecliche und âne rëht:
ër zeige uns fîn gerihte flëht
und fîner gnâden ftiure,
od uns wirt leider tiure
485 daz wir zeim erbe folten hân,
wil niht fîn hëlfe uns bî geftân.'
Antwürte gap dër künec dô
dër frouwen unde fprach alfô:
'geloubent, wërdiu herzogîn,
490 daz man iu gerihtes fchîn
gërn unde willeclichen tuot;
iu fol dër herzog iuwer guot
mit fride lân und iuwer lant:
daz fürftentuom ze Brâbant,
495 dâ ruoche ër fich ze ziehen;
unrëhte fache fliehen
fol ër durch unfer aller bëte.
wan ëz gelimpfes niht enhëte
und âne fuoge wære,
500 ob ër ze klagender fwære
iuch bræhte ân alle fchulde.
unrëht ich kûme dulde
und mac fîn niht gelîden,
dâ von geruoche ër mîden
505 gewalt und übermüetekeit.
fwaz im erteilent ûf dën eit
die fürsten alle umb iuwer klage,
daz fol ër âne widerfage
durch mînen willen ftæte lân.

4 c

3, 69

₅₁₀ iu beiden muoʒ hie rëht getân
vor mînen ougen wërden.
fit daʒ mich got ûf ërden
zeime rihter hât gezelt
und ich ze künge bin erwelt,
₅₁₅ fô weiʒ ich unde erkenne wol,
daʒ ich durch wâre fchulde fol
die krumben fache flihten
und einem armen rihten
als eime rîchen alle frift.
₅₂₀ dâ von gebiute ich, wiʒʒe Crift,
dëm fürften ûʒ dër Sahfen lant,
daʒ ër mit liebe fâ zehant
dën kriec hie lâʒe fcheiden.
hât ër getân iu beiden
₅₂₅ mit fchedelicher ungedult
fchaden iht ân alle fchult,
daʒ wërde von im widertân.
fult ir Brâbant zeim erbe hân,
daʒ lâʒe ër iu, fô tuot ër wol;
₅₃₀ ift aber, daʒ ër haben fol
die felben lantrifiere,
fô nëme ër fi vil fchiere
und fi dâ mite an dirre zît
gefcheiden iuwer beider ftrît.'
₅₃₅ Dër hërre wol gewahfen,
dër fürfte rîch von Sahfen
fprach aber als ein frevel helt:
'hërr, ich tuon allez, daʒ ir wëlt,
wan daʒ ich niht ûʒ mîner hant
₅₄₀ daʒ fürftentuom ze Brâbant
als üppeclîche lâʒe.
ich hân wol in dër mâʒe
rëhtes zuo dër hërfchaft,
daʒ ich mit aller mîner kraft
₅₄₅ daʒ lant mac fchirmen unde wern.
fwër mich dâ gëltes wil verhern,

3. 70

daz ûf mich gevallen ift,
dër muoz ze dirre felben frift
mit bitterlichen fwërtes flegen
ssu mich ûz mînem rëhte wegen
und von dëm kriege trîben.
Brâbant muoz mir belîben
od ich dar umbe ligen tôt:
man fol dës herten kampfes nôt
sss dën kriec noch hiute fcheiden lân.
wëlle mich ieman beftân,
dër kome hër, ich bin bereit,
daz ich dës kampfes arebeit
wil dulden unde lîden,
sco ê daz ich wëlle mîden
mîn erbefchaft ân endes zil.
fwër mit dëm eide erzeigen wil,
daz mîn niht heize Brâbant
dëm wirt genomen abe fîn hant
ses fchier unde in kurzer ftunde.
hie muoz ein tœtlich wunde
bewæren ûf ein ende
und hant engegen hende,
fwër difen kriec beherten mûge.
sso an brieve lieze ich unde zûge
vil harte ungërne mîniu rëht;
man fchrîbet an ein përmint flëht,
fwës man geruochet unde gërt,
mit dëm fô wære ich ungewërt
sis dës guotes und der gülte mîn.
hie fol diu wërde herzogîn
ir einen kempfen hiute nëmen
und lâze mir und im gezëmen,
daz dirre kriec gefcheiden
sco wërde von uns beiden,
alfô daz wir hie ftrîten:
und fwër bî difen zîten
die figenuft ervëhte,

dër habe daz lant ze rëhte,
585 daz dâ Brâbant heizet
und uns ze kriege reizet.'
Diu frouwe von dër rede erfchrac,
wan ir daz dinc fô nâhe lac,   3, 72
daz fich dër kriec ze kampfe zôch,
590 wan dër Sahfen fürfte hôch
fchein alfô krefte rîche,
daz niender fîn gelîche
lëbt über allez Niderlant
und man dekeinen ritter vant
595 als ellenthaft ze Sahfen.
ër was fô lanc gewahfen,
daz ër ze rifen wart gezelt,
dâ von dën ftrîtebæren helt
nieman getorfte dô beftân.
600 diu frouwe keinen mohte hân
dër mit im ftrîtes pflæge;
dës wart an freuden træge
daz wërde wîp von hôher art.
dër künec fëlber trûrec wart,
605 daz man dô kempfen folde,
wan ër gelouben wolde,
daz nieman würde funden
fô frœcher bî dën ftunden,
dër für die frouwen væhte
610 und ûz ir muote bræhte
forg unde bitter ungemach.
dâ von ër dô mit leide fprach:
'frouwe, ir hânt gehœret wol,
daz dirre kampf gefcheiden fol
615 mit strîte wërden hiute.
dës manent iuwer liute   3, 73
mit gebote und ouch mit bëte,
daz für iuch etelicher trëte
und iuch mit fîner hant verwëfe,   5 °
620 durch daz hie dëfte baz genëfe

2

an freuden iuwer hërze guot,
dëm von fchulden hôher muot
muoz fremden unde leiden.
liez aber anders fcheiden
625 dën kriec dër herzog ellenthaft,
daz wolde ich und mîn ritterfchaft
verdienen immer wider in.'
'nein,' fprach ër, 'ich hân dën fin,
daz ich ê ftërben wolde,
630 ê funder kampf hie folde
diz diuc verflihtet wërden.
fwër mich von mîner ërden
wil trîben unde ûz mîner habe,
dër wizze, daz ich nimmer abe
635 daz geftœze im dinge.
hie muoz in eine ringe
dër kampf bî namen enden
mit fwërten und mit henden.'
Diu frouwe fich dô fchiere enftuont,
640 alfam die wifen alle tuont,   3, 74
daz fi müeft einen kempfen hân,
od aber von ir lande gân
und von ir erbefchefte.
dâ von mit leides krefte
645 diu fchœne dô begunde
an dër fëlben ftunde
in forgen vafte ringen:
fi liez alumbe fwingen
ir lûterbæren ougen,
650 ob fi dô funder lougen
dekeinen ritter fæhe,
von dëm ir trôft gefchæhe
und hëlferîchiu ftiure:
diu klâre und diu gehiure
655 ftuont als ein wildez velkelîn,   5 4
daz nâch dër lipnarunge fin
ûf einer hende wartet.

ir liuten wart gezartet
von ir mit minneclicher bëte,
660 durch daz ir geholfen hëte
ir eteslicher bî dër zît.
fi ftuonden alle in widerftrit,
fô daz dekeiner an ir ftat
ze ftrîte noch ze kampfe trat.
665 Als ir tohter daz erfach,
daz in kein hëlfe dô gefchach
ûz al dër maffenîe,
dô wart diu wandels frîe
befwæret in ir muote
670 fô vafte, daz diu guote   3, 75
gar inneclichen weinde
und grimme klage erfcheinde
mit hërzen und mit munde.
diu fchœne bî dër ftunde
675 vil jâmers kunde vinden.
dô nieman enbinden
wolte ir ftrengez ungemach,
diu fchœne erbermecliche fprach:
'nû riuwe ëz got dën wërden,
680 daz nieman ûf dër ërden
ift alfô rëhte guoter,
dër mir und mîner muoter
ze hëlfe kome hiute.
wir hân vil dieneftliute
685 und lützel nôtgeftalden.
fô frëchen noch fô balden
hân wir dekeinen ritter,
dër unfer angeft bitter
beriuwen lâze fîniu lit.
690 wê, daz dër fürste Gotfrit,   6 ͣ (7 ͣ)
dër mîn getriuwer vater hiez,
uns beiden fô vil gülte liez
und wir doch nieman vinden
fô milten noch fô linden,

695 dëu unſer leit erbarme noch!
nû ſchuof mîn wërder vater doch
mit hôher und mit rîcher maht, 3, 76
daʒ ër Jeruſalêm ervaht
und ër dâ wart gekrœnet;
700 ſîn hërze was beſchœnet
mit ſô hôher tugende wer,
daʒ ime daʒ himeliſche her
ze hëlfe quam mit krefte
und ſîner ritterſchefte
705 vil ſtiure lie zuo flieʒen.
ſuln wir dës niht genieʒen,
ich und diu liebe muoter mîn,
daʒ müeʒe gote von himele ſîn
gar inneclîche hie geclaget.
710 an uns ſint alle die verzaget,
dër hëlfe uns ſolde bî geſtân.
ſît wir nû keinen ritter hân,
dër für uns kempfen müeʒe,
ſô ruoche uns got dër ſüeʒe
715 mit ſîner tugende liſten
beſchirmen unde friſten
vor ſchedelîchen freiſen.
dër witewen und dër weiſen
lât immer ſich erbarmen,
720 dër hëlfe mir vil armen
vaterlôſen kinde,
daʒ ich genâde vinde
an ſîner hende milte:
er ſî ze frideſchilte
725 mir gegëben hiute,
ſô daʒ ich mîne liute 3, 77
und mîniu lant behalte 6 ᵇ
vor kraft und vor gewalte.'
Die rede treip diu ſchœne maget.
730 von ir ſô tiure wart geclaget
ir inneclîchiu ſwære,

daz manec ritter mære
mit ir begunde weinen
und grimme clage erfcheinen
735 mit hërzen und mit munde.
nû daz alfô diu blunde
geftuont mit clegelicher nôt
und ir dô nieman hëlfe bôt,
dô ftuont dër ritter ûf zehant,
740 dër von dëm fwanen in daz lant
was geftieret unde brâht.
ër hëte fich dës vor bedâht,
daz ër dô wolde ir kempfe fîn.
ër fprach: 'ir wërden herzogîn
745 beide vil güetlîche,
joch bin ich in diz rîche
durch daz nû komen und gefant,
daz ich befchirmen iuwer lant
mit kampfe wil noch hiute.
750 fît iuwer dieneftliute
iuch hânt verlâzen âne trôft,
fô triuwe ich gote, daz erlôft
wërd iuwer lant von mîner kraft.
ir müezent wërden figehaft
755 und überwinden iuwer nôt,
od aber ich wil ligen tôt
vor iu beiden an dër zît.
wil ieman komen an dën ftrît
und zeime kampfe wider mich,
760 dër île eht und bereite fich:
ich hân dës willen unde muot,
daz ich bî namen iuwer guot
vor allem ungevelle
mit kampfe fchirmen wëlle.'
765 Von difen worten alfô frô
wurden die zwô frouwen dô,
daz fi vor liebe weinden.

3, 78

6 ᶜ

die klâren wol erfcheinden,
daz ir gemüete in freuden fwanc,
770 gnâd unde flîzeclichen danc
dëm ritter fi dô feiten,
daz ër vor arebeiten
fi wolte fchirmen unde friden.
ër wart an ougen unde an liden
775 güetlîche vou in zwein gekuft.
dës wart in fines hërzen bruft
dër herzog ûz dër Sahfen lant
ûf zorn gereizet alzehant,
dâ von ër dô mit grimme fprach:
780 'hër gaft, daz ir mîn ungemach
fô giudeclichen duldet,
daz hân ich unverfchuldet,
wan ich getete iu nie kein leit,
ir fit ze balde ûf mich bereit
785 ze kampfe und zeime ftrîte.
fwaz mir vor langer zîte
mîne altveter hânt verlân,
wërd ich dës frî von iu getân
mit freveliches hërzen gir,
790 fô quâment ir ze früeje mir
in dirre lautrificre pfliht.
daz rede ich doch dar umbe niht,
daz ich ftrîtes wëlle enbërn:
fît daz ir kampfes wëllent gërn,
795 fô fît ir mir gemæze.
ob ich ze fêre entfæze
an iu diz wunderliche dinc,
daz inch hër in dis landes rinc
gefüeret hât ein wilder fwan,
800 fô wære ich ein verzageter man
dës libes und dës muotes.
ich lâze iu niht mîns guotes
dar umbe ûz mîner klouber,
daz iuwer fremdez zouber

3, 79

6 d

⁸⁰⁵ iuch âne schedelichez wê
gefüeret hât hër über sê.'
Dër gaſt dër rede antwürte bôt.
ër ſprach: 'ir lâzent ſunder nôt
unhübeſcheit an iu geſigen:
⁸¹⁰ daz ir mich zoubers hânt gezigen,
daz wil ich rihten, ob ich mac.
got weiz wol, daz ich nie gepflac
dekeiner galſterîe.
ſwie vaſte iuch êren frîe
⁸¹⁵ mit unzühten iuwer lîp,
doch wil ich diſiu wërden wîp
vor iu beschirmen hiute.   3, 80
ir müezent in ir liute
mit fride lâzen unde ir lant,
⁸²⁰ mir brëſte danne in mîner hant
von grôzem ungelücke
diz ſwërt in kleiniu ſtücke,
daz ich gefüeret hân dâ hër.
ob iuwer lîp nû kampfes gër,
⁸²⁵ als ir iuch hânt gerüemet,
ſô wërdent hie geblüemet
in wâpenkleider wunneclich,
und zierent iuch, ich ſloufe mich
in die ſtahelringe mîn.
⁸³⁰ kein dinc mac anders hie geſîn,
wan daz dër eine tôt gelige
und im dër ander ane geſige.'
Mit diſen worten unde alſô
die zwêne ritter wurden dô
⁸³⁵ vil wol bereit ûf einen ſtrît,   7ª (8 ª)
ſô daz in beiden an dër zît
niht eines ringes dâ gebraſt.
dën künec bat dër wërde gaſt,
daz ër im lihe ein ros zehant,
⁸⁴⁰ wan ër dekeinez in daz lant
mit ime gefüeret hæte.

dô ſprach dër êren ſtæte
Karle wider in alſô,
daʒ ër geruochte ſëlber dô
445 daʒ beſte ûʒ ſinen roſſen weln.
ër hieʒ im bringen unde zeln
vil mangeʒ dar beſunder,
ſô daʒ im keineʒ drunder
ze ſtrîte lützel töhte,   3, 81
450 ſwenn ëʒ ſich niht enmöhte
enthalden ſiner drücke.
wan ër im ûf dën rücke
durch verſuochen vaſte greif,
ſô ſeic ëʒ nider unde ſleif
455 zer ërden under ſiner hant.
ze jungeſt eineʒ wart bekant
vil ſchiere ſinen ougen,
daʒ ſich dâ ſunder lougen
vor ſine drucke wol enthielt
460 und alſô grôʒer krefte wielt,
daʒ in dës dûhte, ëʒ wære guot.
daʒ nam dër ritter hôchgemuot
gërn unde willeclichen dâ.
vil ſchône grîs und apfelgrâ
465 ſô ſchein daʒ ros von ſnëller art;
vierſchrœtec ëʒ bekennet wart
und vorne zuo dër brüſte wît.
ëʒ wart von im ûf einen ſtrît
vil wol bedecket und bereit.
470 ër leite ſiniu wâpenkleit
dâ ſëlber ſnëlleclichen an,   7 b
ſin zeichen was ein wiʒer ſwan
von hermîne blanc geſniten;
gar tiure was ſin kopf gebriten
475 von ſîden ſwarz alſam ein kol.
mit zobele was verdecket wol   3, 82
ſin niuwer wunneclicher ſchilt,
und lûhte ab im daʒ ſëlbe wilt,

daʒ von dën wâpencleiden ſin
880 bôt einen liehten blanken ſchîn
und ime gelîch erlûhte.
dër ritter ſëlber dûhte
geſtôʒen unde niht ze lanc,
ſin varwe ſchein rôt unde blanc
885 und was ſin hâr brûu unde reit.
ër hëte ſiniu wâpenkleit
vil ſnëlleclîche an ſich genomen
und was hër abe dëm bûſe komen
geſwinde ûf einen grüenen plân.
890 man ſach dën ritter wol getân
dës ſwanen houbet mit dëm cragen
ûf ſîme glanzen hëlme tragen.
Alſus quam ër ze vëlde
mit offenlicher mëlde
895 geriten bî dër zîte.
nû hët ouch ſich ze ſtrîte
bereit dër fürſte ûʒ Sahſenlant
und îlte gegen im zehant
geblüemet ſchône dort hër dan.
900 ër fuorte wâpenkleider an
von ſamîte unmâʒen guot.
ſin ros vor wandel was behuot,
wan ëʒ was rîlich unde frëch,
ëʒ lûhte alſam ein ſwarzeʒ bëch
905 und lief ëʒ als ein ſnëlleʒ wilt.   3, 83
dër herzog einen tiuren ſchilt
von zwein varwe ſtücken   7 ᵃ
dô für ſich kunde drücken
nâch ritterlichem rëhte.
910 ſin halbeʒ teil ſtriſëhte
von zobel und von golde was,
daʒ ander ſtücke, als ich ëʒ las,
daʒ ſchein durchliuhtec wîʒ hermîn
und was von zobele rëhte drin
915 geleit ein halber adelar.

dër fürſte wol gezieret gar
ûf ſîme glanzen hëlme kluoc
von eines phâwen zagele truoc
zwô wunneclîche ſtangen
920 bedaht und umbevangen
mit golde lieht und edele
biʒ an die zwêne wedele
dër phâwenſpiegel vëderîn,
die glanzen wunneclichen ſchîn
925 ûf dër plânîe bâren.
die ſtangen beide wâren
ûf dën hëlm durch liehten pîis
geſchrenket ſchône in kriuzewîs.
Mit dëme zimiere quam gezoget
930 dër Sahſen herzog unde ir voget
und ſuochte ſînen kampfgenôʒ.
ër reit ein ros unmâʒen grôʒ
und ſchein ër ſëlbe ein michel man.
ër fuorte wâpenkleider an,
935 diu wol ze prîſe tohten.
hie wart von in gevohten   3, 84
ûf dëm plâne grüene.
die zwêne ritter küene
diu ros zeſamene twungen,
940 ſô daʒ ſi beidiu ſprungen
unmæʒeclichen harte.
geſetzet an die warte
die frouwen wâren beide;   7 4
ûf der geblüemten heide
945 von liuten was ein michel rinc,
durch daʒ man ſtrîtbærlîchiu dinc
dar inne trîben ſolde.
dër künec ſëlber wolde
dën kampf dô gërne ſchouwen dâ.
950 dër himel einvar unde blâ
ſchein ſô rëhte vîn lâʒûr.
dô wart ein ſtrîten alze ſûr

von dën zwein widerfachen.
dër plân dër mohte erkrachen
₉₅₅ durch dër fnëllen roffe louf,
fchûm unde bluot dâ nider trouf,
daʒ in wart ûʒ gehouwen.
die kemphen lieʒen fchouwen
vil ritterlîche tücke.
₉₆₀ fam ob fi wæren flücke,
fô flugen in die fchenkel;
fi kunden bein und enkel
zetal und ûf gefüeren
und mit dën fporn gerüeren
₉₆₅ diu fnëllen ros frëch unde balt.
rîlîchiu fterke mancevalt
wart an ir joft erzeiget:
gefenket und geneiget   3, 85
die fchefte wurden hin zetal.
₉₇₀ fi trâfen ûf dës fchiltes wal
ein ander beide mit dën fpërn,
als ir gemüete kunde gërn
unde ir ellenthafter fin.
dër Sahfe wart geftochen hin,
₉₇₅ dâ man dën hëlm dô ftricket,
daʒ ër vil nâch genicket
was von dëm fatele hinder fich.
dâ wider fô geriet dër ftich,
dën ër getân hët ûf dën gaft,   8 ᵃ (9 ᵃ)
₉₈₀ alfô daʒ ime daʒ fpër zebraft
enmitten ûf dëm fchilte fin.
die fchefte in kleiniu ftückelîn
unde in fpæne fich zercluben,
fô daʒ ab in ze bërge ftuben
₉₈₅ die fchivern und die fprîʒen.
dar nâch die ritter flîʒen
dër fwërte fich begunden,
diu fi gefwinde kunden
gezücken ûʒ dën fcheiden.

990 ſich huop dô von in beiden
alſô vermëʒʒenlicher ſtrit,
daʒ man enwëder ê noch ſît
ſô grimmes vëhtens nie geſach:
dër eine ſluoc, dër ander ſtach
995 ûʒ hôher mannes krefte.
ſi pflâgen ritterſchefte
mit hërzen und mit henden,
man ſach ſi wunder enden   3, 86
mit ſtrîte ûf dër plâniure.
1000 dô ſtoup von wilden fiure
vil mance gneiſte rôtgemâl,
diu mit ir ſwërten ſunder twâl
ûʒ ir gewæfen wart getriben.
die ritter müeʒee niht beliben,
1005 wan ſi vâhten umb daʒ lëben:
ſlac under ſlac wart dô gewëben
und ſtich geflohten under ſtich,
ûf in diu wolken über ſich
die ſlege lûte erhullen,
1010 die von ir ſwërten ſchullen.
Die kampfgeſellen beide
ein ander ûf dër heide
ſich triben ümbe und ümbe,
ſi ſuochten wilde krümbe
1015 und wunderliche kreize.   8 ᵇ
von ſlegen wart in heize
und von ſtichen wê getân.
mit ſtahelringen wart dër plân
beſtröuwet und mit ſpænen.
1020 ſi wolden alle wænen,
dër gaſt dër viele tôt dâ hin,
wan dër herzog über in ·
was alſô lanc gewahſen.
dës wart im von dëm Sahſen
1025 ein ſlac gemëʒʒen und gegëben,
daʒ man für ſin erweltez lëben

genomen hæte ein halbez ei.
dën fchilt dën fpielt ër im enzwei
mit alſô krefteclichen ſtaten, 3, 87
1030 daz im durch halsbërc und durch platen
daz fwërt biz ûf daz fpalier dranc.
hæt ër dën ungefüegen fwanc
genomen hœher ûf dën fchilt,
weizgot, ſô müeſte dô verſpilt
1035 dën linken arm dër ritter hân!
daz ûf dën fchilt dër flac getân
wart niderhalp dër riemen,
daz fchuof, daz in dô niemen
gefchouwen mohte funder arm.
1040 der fwane blanc rëht als ein harm,
dër ûf dëm fwarzen fchilte lac,
dën fpielt enzwei dër fëlbe flac,
daz ër vil wîten fchranz euphienc.
daz ort dës fwërtes im dô gienc
1045 durch allez ſîn gewæfen hin.
wan daz daz fpalier fchirmet in,
daz vil guot palmâtſîde was,
ſô müeſte ër anders ûf daz gras
geſtrûchet ſîn ze tôde wunt.
1050 an ime was vil nâch bî dër ſtunt
mit ſtrîte jâmer güebet. 8ᶜ
diu frouwe wart betrüebet
und ouch diu maget kiufche
von dëm herten biufche,
1055 dër ûf dën gaſt dô wart getân. 3, 88
'wëlt ir mir nû mîn erbe lân?'
fprach dër herzoge wider in.
'fult ir mîn eigen ziehen hin,
ir müezent ëz verzinfen,
1060 daz man ûz herten flinfen
noch fanfter gülte fchriete.
ër gît mir zeiner miete
niht anders wan dën lëbetagen,

fwër iht dës mînen von mir tragen
1065 gewalteclichen hiute wil.'
'dës zolles wære ein teil ze vil,'
fprach dër ritter mit dëm fwanen.
'iuch fol diu milte dës ermanen,
daჳ ir fô hôher zinfe enbërt.
1070 fît daჳ ir miete von mir gërt,
fô machet fi gefûlege,
wan ich unfanfte trüege
fô grimmes zolles überlaft.'
mit difen worten huop dër gaft
1075 daჳ fwërt enbor gefwinde.
mit blanker hende linde
wart ëჳ ûf herten ftrît gewent,
ër hët ûf einen flac gedent
mit alles fînes hërzen kraft:
1080 dën Sabfen küene und ellenthaft,
dëm ër niht guotes gunde,
verweifen ër begunde
dës lîbes und dës vërhes.
im wart von im entwërhes   3, 89
1085 ein flac gemëჳჳen und geflagen,
dër ime daჳ kollier und dën kragen
durch unde durch alfô verfchriet,   8⁴
daჳ ër in von dëm lîbe fchiet.
fîn houbet, daჳ gezieret was,
1090 viel nider ûf daჳ grüene gras
und zuo dës plânes mëlme
beftürzet mit dëm hëlme.
Dës wâren die zwô frouwen frô.
die ritter fprâchen alle dô
1095 zuo dëm vil figebæren,
ër künde gar ze fwæren
zins dën liuten bieten.
daჳ got vor fînen mieten
geruochte ir aller lîp bewarn!
1100 fi wëllent fînes zinfes varn

vil gërne lëdec unde blôz.
fus hëte grimmen fchaden grôz
dër Sahfen hërre dô gekouft.
mit bluote wart fin lîp betrouft
1105 und jæmerlichen ûf gehaben
und von dën liuten ër begraben
mit klegelicher fwære.
die frouwen tugentbære,
liutfælec unde füeze
1110 die nigen ûf die füeze
dëm wërden ritter an dër ftunt,
fi kuften in an finen munt
unde fprâchen beide dô
mit freuden wider in alfô:
1115 'Hërr unde tugentrîcher helt,
fit iuwer manheit ûz erwelt   3, 90
geboten hât uns beiden trôft
und uns von forgen tuot erlôft
gelîche und algemeine,
1120 fô nëment unfer eine
ze wîbe und zeiner frouwen,
durch daz ir lôn befchouwen

*   *   *

mit jâmer und mit leides gir: 9 ª (11 ª)
'waz wirret iu? daz fagent mir,
1125 fô rëhte liep als ich iu fî.
daz iu won ungemüete bî,
daz ruochent mir durchgründen
und ûf ein ende künden.'
'Hërre, ich mac wol trûrec fîn,'
1130 fprach diu wërde herzogîn,
'ich hân von iu zwei fchœniu kint,
diu beidiu wol gerâten fint,
und ift verborgen mir dâ bî,
von waz geburt ër komen fî,
1135 dër in ze vater ift gezelt.

mîn hërze daz hât iuch erwelt
für alle man ze liebe noch
unde ir bërgent mir iedoch
ze tougenlichen iuwer dinc.
1140 sît daz ir in dis landes rinc
hër quâment, sô getorste ich nie
gevorschen noch gefrâgen hie,
wër iuwer künne wære.
dër kumber und diu swære
1145 ze hërzen mir gedrücket sint.
sô man nû frâget unser kint
hër nâch umb ir geslehte,
sô künnen si niht rëhte
bescheiden noch getiuten,
1150 von wëlher hande liuten
ir quæment hër in disiu lant.
ir mâge sint iu unbekant
unde ir besten friunde namen:
si müezen sich dës immer schamen,
1155 daz si niht wizzen umb dës lëben,
dër iu ze vater ist gegëben.'
Dër ritter von dër rede erschrac.
ër sprach: 'nû kan ich unde mac
wol hœren unde wizzen,
1160 daz ir iuch hûnt geflizzen
mit willen ûf mîn ungemach.
iuch dunket, daz ich iu ze swach
ze wirte und zeine manne sî.
daz kiuse ich dar an und dâ bî,
1165 daz ir nâch mînen mâgen
alsus beginnet frâgen
und mîniu dinc ervaren wënt.
ich sihe wol, iuwer hërze sent
ûf mînen schaden mit genuht.
1170 ir hânt bî namen iuwer zuht
vil sêre an mir zebrochen.
ir hëtent doch versprochen

3, 91

9 b

vorfch unde frâge wider mich
und ift nû valfch und üppeclich
1175 al iuwer rede worden;
ir hânt dër wârheit orden   3, 92
vil fêre an mir zetrennet.
fit nû mîn hërze erkennet,
daz ir verfmâhent mîn gebot,
1180 trût frouwe, fô genâde iu got!
ich wil von hinnen fcheiden:
ir möhtent wol uns beiden
baz unde rëhter hân getân!
gelonbent funder valfchen wân
1185 und âne krieges widerftrît,
daz ir nâch dirre tage zît
mich nimmer fult befchouwen.'
diu rede was dër frouwen
fô grimmeclichen fwære,
1190 daz diu vil tugentbære
gar inneclichen weinde
und grimme clage erfcheinde
mit hërzen und mit munde.
diu fchœne bî dër ftunde
1195 vil jâmers kunde vinden,   9ᶜ
und fi begunde winden
ir blanken hende beide
und fprach alfus mit leide:
'Hërr unde tugentrîcher man,
1200 dëm ich vor al dër wërlte gan
vil êren unde guotes,
fit niht fô grimmes muotes
noch alfô zornec wider mich!
verkiefent, lieber friunt, daz ich
1205 geredet und begangen habe,
durch daz ich guotes willen abe
nâch reinen riuwen iu geftê.   3, 93
daz fol mich riuwen immer mê,

daz ir beſwæret ſît von mir.

1110 hërr, ich enwânde niht, daz ir
durch die vertânen frâge mîn
ſô gar betrüebet ſoldent ſîn
und ich iuch trûree müeſte ſëhen.
bî namen, mir iſt hie geſchëhen
1115 diz dine ân aller ſlahte vâr.
hæt ich getriuwet umb ein hâr,
daz ich als übel tæte,
ſô wizzent, daz ich hæte
mîn üppeclichen rede verborn:
1120 dâ von ſô lâzent allen zorn
und diſen kriec erwinden:
niht ſcheident von dën kinden,
diu beidiu von iu komen ſint!
wër liez in alſô ſchœniu kint
1125 und alſô keiſerliche fruht?
ob ir ie veterliche zuht
gewunnet unde friundes muot,
ſô lânt iuch kint, wîp unde guot
getriuweliche erbarmen
1130 und lœſet mich vil armen
ûz marterlicher nœte,
wan ich mich ſelber tœte
von jâmer, unde wëllent ir
mit zorne ſcheiden iuch von mir.’

1135 Diu herzogin die rede treip,
dar umbe iedoch dâ niht beleip
dër unverzagete ritter.
ſwie vaſte ir angeſt bitter
würde und ir beſwærde
1140 mit rede und mit gebærde,
doch wolde ër langer niht beſtân.
ër hiez vor ſît diu kinder gân:
diu kuſte ër unde ſprach alſô
mit leide erbermecliche dô:

9 4

3, 94

1245 'got dër behüete iuch lieben kint!
mich wëllent sëgel unde wint
von iu sô vërre füeren,
daz nimmer iuch berüeren
mîn ouge mac die wîle ich lëbe.
1250 gelücke iu beiden sælde gëbe
und habe iuch got in sîner pfliht.
belibens ist hie langer niht:
ich wil ûf mîne strâze hin.'
sus viel sîn frouwe dô für in
1255 und al sîn wërdiu hoveschar.
mit nazzen ougen jâmervar
wart ër gebëten sêre,
daz ër durch gotes êre
und durch sîn sëlbes tugent belibe,
1260 noch sî niht alsô gar vertribe
an allen freuden immer.
sî jâhen, daz sî nimmer
gewünnen muot ze lëbene,
schied ër alsô vergëbene
1265 und âne schulde dannen.
von frouwen und von mannen
wart im ze fuoz gevallen;
daz kunde niht in allen
gefromen umb ein halbez ei.
1270 sich huop vor im dër grœste schrei
von wîbe und ouch von kinden,
doch wolde ër niht erwinden
an sîner verte sâ zehant.
abe zôch ër ein rîch gewant
1275 und leite dô sîn spalier an,
daz dër vil hôchgelopte man
mit im gefüeret hête dar.
sîn harnasch wunneclichgevar
wart im gefüeret an dën sê.
1280 belîben wolde ër dô niht mê,

10ᵃ (18ᵃ)

8, 95

wan ër îlte ſchiere dan.
dër ſëlbe minneclîche ſwan,
dër in hëte dar gezogen,
dër quam aber dô geflogen,
1285 als ër von im geheizen wart.
ër fuorte in balde ûf ſîne vart
in eime ſchiffelîne kluoc.
daz ſëlbe, daz in ê dar truoc,
daz wart in tragend aber ſît.
1290 ſus ſchiet ër von dëm lande wît
und gap dën liuten ſînen ſëgen.
vil jâmers wart nâch im gepflëgen
von ſîme ſchœnen wîbe
und von dër kinde libe,
1295 diu ſîn verweiſet wâren.
man ſach ſi dô gebâren
ſô marterlichen alliu driu,
daz ich mit tûſent münden iu
niht möhte entſliezen al die clage,
1300 diu ſi begunden an dëm tage,
dô von in dër hërre ſchiet.
ouch weinde in al ſîn hovediet
und ſîn lantgeſinde   10ᵇ
vil ſêre und vil geſwinde.
1305 Waz touc hie langer rede mêr?
dër ritter edel unde hêr
fuor ſîne ſtrâze bî dër zît,
noch quam ër wider nimmer ſît
ze kinde noch ze wibe.
1310 daz gienc dër frouwen libe
ze hërzen und ze beine.
diu herzoginne reine
diu zôch mit flîze ir lieben kint,
von dën ſît grôze hërren ſint
1315 ûf gewahſen und geborn.   3,96
vil wërde fürſten ûz erkorn

von ir geſlehte quâmen:
iu wuohſen ûȥ ir ſâmen
vil mâge und vil hêrlîche nëven.
1320 vou Gelre beidiu und von Clëven
die grâven ſint von in bekomen
und wurden Rienecker genomen
ûȥ ir geſlehte vërre erkant.
ir künne wart in mauec laut
1325 geteilet harte wîte,
daȥ noch aldâ ze ſtrìte
dën ſwanen füeret unde treit.
man ſol für eine wârheit
diȥ mære wiȥȥen und verſtân.
1330 got dër hât wunders vil getân,
daȥ noch unmügelicher was.
ſit ich für wâr geſchriben las
vou dëm herzogen Gotfride,
daȥ got durch ſine ＊＊ lide
1335 unbilde tet bî ſiner zit,
ſô mohte ër ouch diȥ wunder ſit
au ſiner tohter wol begân.
Gotfride komen und geſtân   10ʳ
liez ër ze hëlfe und zeiner wer
1340 driſtunt ſin hinelifchez her
und ſaute im zeime trôſte daȥ.
dâ von geloube ich dëſte baȥ,
daȥ ër ouch liez durch in geſchëhen,
daȥ iu Brâbanden wart geſëhen
1345 dër wërde ritter mit dëm ſwanen.
ich wil hie biten unde manen
alt unde junc befunder,
daȥ ſi diȥ fremde wunder
niht haben gar für eine lüge
1350 und ſi glouben, daȥ got müge
erzeigen grôȥ unbilde.
diſ âventiure wilde

hie mite ein zil genomen hât:
von Wirzeburc ich Cuonrât
1363 wil ir zehant ein ende gëben.
got lâze uns hie fô wol gelëben,
daz wir befitzen immer dort
dër êweclichen freuden hort!

Âmen.

Die einzige handschrift, in welcher uns das vorstehende gedicht erhalten wurde, von dem verstorbenen dr. med. Georg Kloss an die hiesige stadtbibliothek geschenkt, stammt aus der bibliothek des bischofs Johannes von Dalberg zu Worms. Auf dem vorsetzblatte der hs. hat der verehrte geber einige angaben über das schicksal derselben niedergelegt, die ich bei übersendung der abschrift des in der hs. auf den schwanritter folgenden Cato meinem freunde prof. Friedrich Zarncke mittheilte und die derselbe nebst der angabe des inhalts der hs. in seiner ausgabe des Cato s. 161 abdrucken liess. Die hs., fol., pap., unvollständig — in dem schwanritter fehlt das ursprünglich erste und zehnte blatt — umfasst jetzt noch 59 bll., ist im 14. jahrh. wohl am Niederrheine geschrieben worden und alle gedichte derselben erleiden durch den schreiber einmischung von mitteldeutschen (niederdeutschen) formen, wie schon Wilhelm Grimm in dem grossen rosengarten, nach dieser handschrift herausgegeben, eine zusammenstellung derselben aus diesem gedichte s. LXXXII ff. gegeben hat. Bei der seltenheit der durch die brüder Grimm herausgegebenen 'altdeutschen wälder', wo der schwanritter im dritten bande s. 52 — 96 steht, glaubte ich mich einer darstellung der lautverhältnisse und genauester angabe der verschiedenheit der hs. gegen den aufgestellten text nicht entschlagen zu dürfen, unterliess jedoch, um raum zu sparen, jede verweisung in dieser beziehung auf Grimms grammatik und auf die angaben der herausgeber mitteldeutscher gedichte. Ausser stand nach den arbeiten des freiherrn Friedrich von Reiffenberg, Paulin Paris, von der Hagens, Jonckbloets und Wilhelm Müllers etwas neues über die sage beizubringen, beschränke ich mich nur darauf, den text, zu dessen berichtigung die altdeutschen wälder, Wilhelm Grimm in brieflicher mittheilung an mich und besonders Haupt in den anmerkungen zu seiner ausgabe des Engelhard beigetragen haben, in möglichst echte gestalt zurückzuführen, um so dieser erzählung, die ja zu den besten gedichten Konrads von Würzburg zählt, aufs neue geneigte leser zuzuführen. Möchte ich hinter dem ernsthaft von mir angestrebten ziele nicht allzu weit zurückgeblieben sein!

Herzlichen dank spreche ich bei dieser veranlassung den herren bibliothekaren dr. Friedrich Böhmer und dr. Theodor Haucisen aus für die freundlichkeit, mit der sie mir diese, wie alle andern handschriften und bücher unserer stadtbibliothek zugänglich machten.

Die lesearten der handschrift folgen ohne weitere bezeichnung nur mit einem puncte hinter denselben.

2. 246. 886 Seht *fehlt*. seht alsus *Melior* 13ª. scht alsó *troj. kr.* 206. 2939 *und noch* 36 *mal*. *Pantaleon* 926. 1258. 1360. 1504. 2132. *Silvester* 8588. scht dô *troj. kr.* 478. 524 *und noch* 12 *mal*. *Mel.* 13ª. *Silv.* 132. 959. *für* seht dô *Silv.* 2003. 2793. *turnier von Nantes* 221. *troj. kr.* 1248. 19113

und für séht só *Engelhard* 4020 *dürfte man bei der nicht allzu treuen überlieferung der texte* seht álsó *lesen. wie hier fehlt* seht turn. 949. *Alex.* 776. — *ebenso fehlen wörter in der handschrift gegen den aufgestellten text* 202. 255. 272. 291. 328. 380. 382. 425. 431. 447. 485. 521. 528. 565. 610. 760. 805 905. 975. 1049. 1138. 1164. 1213. 1302. 1304. 1319 *und* 878. 1334, *in welchen beiden letzten stellen ich nicht zu ergänzen wagte.* leit *hat der schreiber* 695, sit 1242, ge (gesin) 830 *über den zeilen und sogar die ganzen verse* 243. 490. 660. 1111 *nachgetragen.* krieghaft (*immer* g *für* c *im auslaute; nur* erschrack 1157). 3. hirtzog (*wenn nicht mit der abkürzung für* er, *mit* i *geschrieben;* e *nur* 93. *sonst noch* i (y) *für* e, *den umlaut des* a, *vor* r 315. 316. 428. 554. 569. 1054. 1060. 1077. 1273; finster 106; in-. int- 217. 218. 639. 676. 793. 859. 1043. 1069. 1299; in- 355. 462. 498. 850. 215. 264. 568. 1028. 1042. 1075). v̊z (ů, v̊ [*vereinzelt auch* u, v, *wie ich immer in den lesearten schreibe*] *steht für* u. û, iu, uo, ü, üe d. h. *der schreiber setzt* u (û) *für* iu *und* uo *und kennt keinen umlaut*). saszen (*mit ausnahme von* gewazzen: sazzen 1024 *und* wuhszen 1318 *immer* sz *für* hs). 4. diser. frauwē (*immer* au, auw *für* ou, ouw; aw *für* ouw 358. 587. 600. 613. 639). alzu hant (*ohne ausnahme* zu, zur *für* ze, zer). 5. vm — vm (umb *habe ich immer für* vm, mb *für* mm *immer in* umbe, ümbe, krumb -es. -en, krümbe, kumber *gesetzt; hier und* 295 *könnte auch zweimal*, 299. 1216. 1269 *einmal* umbe *stehen*). lude (d *gewöhnlich im inlaute, häufig im anlaute für* t, *dagegen* t *für* d *im anlaute* 36. 76. 315. 502. 559. 882. 908. 1031. 1145). 7. sie *immer für* si. 8. yn (y *sehr oft für* i. *seltener für* i; *doch gewöhnlich* ei). 9. Ir hantfesten vn̄ briefe sehen. (*nur mit ausnahme von* vart 1286, viel 1254, ver- [*jedoch* fer- 1062], vil. von, vor *steht immer* f *im anlaute, und* grauen 1321, freuel 537. 789 *ausgenommen auch immer* f *für* v *im inlaute;* ff *häufig im inlaute, einige mal im auslaute für* f). vn̄ *habe ich nach bedürfnis des verses in* und *und* undo *aufgelöst,* unde *für* vn̄d 26. 53. 76. 209. 217. 371. 377. 633. 774. 819. 833. 930. 85. 375. 973. 983. 1153. 372. 1097. 1347, und *für* vnde 96. 98. 402. 673. 1338. 62. 1230 *gesetzt. vgl.* 433 *und* des vierden tages Constantin hantvesten und die brieve sin gap dem bábest úz erlesen *Sile.* 1899. 10. 478 geschen. wie (*immer* wie, wer, wes, was, wo, war *für* swie, swer, swes, swaz, swâ, swar). 11. rechte (*mit ausnahme von* niht. *das gewöhnlich mit* ht *geschrieben wird und wofür auch einige mal* nit, 883 nict *vorkömmt, fast immer* cht *für* ht, *auch* rch, lch *für* rh. lh). 13. 630 sulde, *noch* u *für* o: suldent 1212, wuld (c) 626. 629. vffenlich 350. 894. 15. gar lützel unde kleine *troj kr.* 22321. gar lützel und gar (vil) kleine 27726. 29311. gar lützel unde selten 32239; *und darnach ist das dem späteren schreiber und dem bearbeiter für den druck nicht mehr geläufige* lützel *im Alexius* 669 (*das erste*) *und im Engelhard* 6069 *für* kleine *wieder herzustellen.* 16. sincz (*das genitivische* -es (s) *steht nur:* 151. 157. 193. 554. 558. 801. 830. 1063. 1083. 1201. 1252 *und, mit ausnahme von* dez 1083. 1155, *immer in* des *und* wes). 18. grozzen (*im inlaute, mit wenigen*

ausnahmen wo sz — *auch* 845 *und* 955 *für* ss — *gebraucht wird, steht* zz *für*
ʒ *und* ʒʒ; *im auslaute erscheint vereinzelt* zz *für* ʒ). 19. 267. 413. 487. 587.
729. 833 *steht ein grosser rother anfangsbuchstabe auf zwei zeilen*, 97. 351. 535.
639. 765. 777 (*falsch*). 807. 893. 1115. 1129. 1157. 1199. 1305 *das zeichen*
σ *zur bezeichnung der absätze*. 105. 185. 665. 929. 1011. 1093. 1235 *lasse*
ich abschnitte beginnen. kwam (*immer* kw *für* qu). 22. die (*ohne ausnahme*
für diu, *wie nie die unterscheidung des nom. sing. fem. und plur. neutr. durch*
iu *erscheint*). 23. 675 u. s. w. konde *neben* kunde 32. 1195 u. s. w. (*so*
findet sich meist in denselben wörtern o *neben* u). 25. raub (e *habe ich ebenso*
zugesetzt bei den substantiven: 185. 281. 339. 399. 433. 562. 587. 613. 617.
711. 769. 897. 901. 982. 999. 1157. 1178. 1249. 1250. 1271, *bei den ad-*
jectiven: 289. 458. 845. 1080. 787, *bei den adverbien:* 211. 213. 247. 266.
325. 571. 784. 796. 814. 1171. 1177. 1238. 1286. 49. 353. 481. 887.
202. 434. 533. 1353. 48. *bei den verben:* 69. 107. 133. 138. 186. 284.
336. 380. 384. 409. 414. 429. 438. 440. 478. 495. 501. 504. 529. 532.
570. 574. 626. 679. 714. 743. 752. 783. 792. 800. 802. 861. 904. 954.
1027. 1048. 1066. 1099. 1141. 1180. 1239. 1241. 1243. 1245. 1251. 1272.
1280. 1286. 1299. 1336. 1341. 1342. 1356). 29. 422 geturste, *so noch*
u *für* ö, œ 36. 566. 31. du (*die handschrift hat nur* da 34. 57. 70. 107.
474. 495. 546. 612. 837. 863. 871. 949. 1236. 1326. 1342, *sonst immer*
do; *auch wo* 434 *und so* 1273). 32. Gein dè. daz er hie gestrite dem
(: Hectorem) mit herzen und mit handen *troj. kr.* 27042. vrô Pallas und
vrô Jûnô die wânden ir gestriten 2555. vier schar die möhten wol bi
namen gevehten und gestriten zwein 33291 *neben* die dô striten gegen
in zwein 33237. *Grimm gramm.* IV. 692. 844. 33. Geurleugen, gevbet
1051. 34. zu allen, zu eime 513. 1341, zu einer 1062. 1121. 38. no-
den (*wie immer* o *für* œ *und* ö). 41. abentur, abenture 1352: auentur
199. âventiur (: fiur) *troj. kr.* 28580. 37110. 45. dar inne, dar in
914. 47. kweme (e *immer für* œ). 55. manegê. 56. Neumagen. 57. karle
sich nider do. *da für* Karle 42. 145. 214. 843 *nicht* Karl *gesetzt werden*
darf, auch 80. 267 Karle *steht, so habe ich durch die leichte änderung kein*
schwanken zwischen Karl *und* Karle *zugegeben und aus diesem grunde auch* 97
Karlen *geschrieben.* 58. dâ *fehlt.* er hiez dâ für sich unde bat die
fürsten ûz dem lande komen *troj. kr.* 17792. 60. woldeʒ hette zu.
vgl 195. — 60 *hat vorn die bezifferung* ijh. 160 iijh. 260 iiijh. 362 vh.
462 vjh. 562 vijh. 664 viijh. 762 ixh. 862 xh. 962 xjh. 1062 xijh.
1218 xvh. 1318 xvjh *vnd unten auf* 10° *steht* Summa xvjh rimen vnd xl
rimen. *aus dieser zum theil fehlerhaften zählung dürfte sich jedoch mit be-*
stimmtheit ergeben, dass, wenn auch, wie der custos d *auf* 2ʰ *und* f *auf* 4ᵇ
beweist, zwei blätter dieser lage fehlen, doch nur das zweite blatt der lage den
schwanritter und zwar mit 140 *versen auf* 4 × 36 *liniierten zeilen (wegen der*
überschrift und des grossen anfangsbuchstaben vgl. zu 291 *und* 431) *begann.*
und dass das nach 1122 *fehlende blatt* 141, *mithin das ganze gedicht* 1642
verse umfasste. 63. rechte, *altdeutsche wälder* rechte *und darnach Haupts*

besserungsvorschlag zu Engelh. 716. cr saz still unde hörte ir kriegen unde
ir vchten und wolte nách dem rehten rihten willeclichen dô *troj. kr.*
2588. gestêst dû minem rehten bi 2610. 64. 84. 273 hirtzoginne. pra-
uant (*immer*). 65. nû si *oder* dô si *für* als si? — *vgl.* die zwéne boten
riche. nû si —; dô *troj. kr.* 26941. diu künigin stolz und gemeit.
dô si —: dô 19759 *neben* der junge fürste wunnesam, als er —; dô
Otte 70. 67. 363. 967 irre; yrme 290. 294. 1003. 1317. 1323;
yren. yrë mute 669. 610; yren 89. 234 (*vgl. die anm. dazu*). 299; irre
1153; yren lute 658; yrn 1002. 1010. 72. 1323 bekant, *vgl.* 266.
73. suchtent. 79. 131. 547. 1286 vffe. 82. anc gesichte. 86. Vô
dem vô saszen: *die besserung von Jacob Grimm, gramm.* IV, 845. *an das* v
des zweiten von *ist mit blässerer dinte* o *und ein strich darüber gemacht; vgl.*
309. 3. 71. 351. 521. 777. 97. karle.

105. blieckete; wysete: hoch geprysete 144, *nicht* wiesete: hoch-
gepriesete *altd. w.*, *gramm.* I³. 144; *sonst nur noch* siegeberen 1095. zie-
mer 929. 106. wunnenclich (*immer, wie auch* minnenclich, innenclich.
taugenclich: *sonst* -eclich, 343 -eglich). 108. Flog; klober 803. 110.
172 ketten. ketene *Silv.* 803. 117. hatte (*gewöhnlich;* hede 498. 660;
hat 123. 210. 896. 979. 1078). 119. Des liechter schin. die truogen
schœner varwe cleit, daz liehten schin den ougen bôt *troj kr.* 17399.
diu (rôse) lichten schin den ougen bôt mit ir gezierde wunneclich
32418. der (lôuwe) lichten glast den ongen bôt mit sime tiuren schinen
30844. der wâfenkleider bären den ougen lichter varwe schin 29876.
weyen des geschlechtes von spalier *vgl.* 1031. 1046. 1275. 120. phalmat
syden. *rgl.* 1047 *und troj. kr.* 82282. 122. *Lohengrin* 721 *ff.* 124. heubet
(*immer, ebenso* gleuben). 125. Da durch ruwe besunder. *denselben*
fehler begeht der schreiber 296. 323. 460. 486. 556. 586. 874 949. 1236;
auch 542, *wo er ihn verbessert.* 126. Ich sagen; ich sehen 1168. ge-
byeden ich 520. kiesen ich 1164, ich kennen 515. (ich) sleiffen 823.
vch (*sowohl für den dat. als acc. pl.*). 127. 1056 wolt; 794. 1100. 1233.
1246 wollent; wulle 410. 556. 560. 793. 130. waphen kleyt (*wie hier*
habe ich in diesem worte noch 227 f *für* ph. *sonst* p *für* pp. pph 934 *ge-*
schrieben). 132. *die übereinstimmung dieses verses mit* 160 *ist Konrad nicht*
zuzutrauen. —? der swan gevar alsam ein snê = *Pant.* 1308. *vgl.* 1040.
133. ? der fuorte; 261. ? der gienc; 951. ? der schein: 137. ? den zöch.
135. wâren] marner. *die besserung von Haupt in den anmerkungen zum Engel-*
hard. 138. eben (*wie hier habe ich ein* e *zugesetzt* 876. 914. 918. 977).
141. 160 albez *neben* elbez 237. 247. tet (: stet). 155. bevant *altd.*
w., gessoh. bevant *troj. kr* 293. 9384. 19360. wande als Ritschier daz
gesach und bevant diz mære *Engelh.* 3233; daz man daz wunder nie
gesuch *troj. kr.* 11325. 12279. 157. Abe, 650 Obe; deme 228. 412.
981. 1092. yme 527. 161. bluwende. 165. brenge; denge; brengen
245. 846. resen 597. wedewen 718. 172. Eine; mine 626. sine 1255.
wunnenbere. 182. 1278 harnesch. 187. 325. 1119 alle gemeine:

alle sine 1255, alle sin 1302. 190. kwamen sie. 192. do bleip *(immer* bliben. gleuben. gluck *neben* ungelucke. glich *neben* geliche 592). 195. wolde. 197. 1203 alsò] so. ir inneclichez herzeleit wart sò klagebære und alsò gròz ir swære. ez möhte got erbarmen *Alex* 1298. 202. Dò mid auch her vnder. ‚hie mite und ouch dar under *troj. kr.* 5370. 203 arke *vgl.* 113. 211 ᵗᵛⁿᵈ *turn.* 325, *wo* barken *in* arken *zu bessern ist, nach troj. kr.* 2181. 28571. 217. 1043 inphyng. 469. enphingen; gyng 261. 1044. 1310. nummer *und* vinmer *ohne aus-nahme;* luhe 839. wart ie kein man enphangen wol. den man nàch wunsche enphàhen sol, sò wizzent, daz man ouch enphie den helt sò werdeclichen hie. daz nieman ùf der erden baz kunde enphangen werden von rittern und von vrouwen *troj. kr.* 10085. *ähnlich* 20389. 23169. *Engelh.* 645 — 58. *Silv.* 2723. 226. wol *fehlt, ergänzt nach brieflicher mittheilung von Wilhelm Grimm.* 229. wurden *ist hier aus* 226 *fehlerhaft wiederholt; es fehlt entweder ein adjectiv zu* burc *etwa* schœne, *vgl.* er *(der kram)* was von sinen knehten ùz dem kiele dà getragen und ùf den schœnen wec geslagen *troj. kr.* 28276; *oder ein adverb zu* tragen. *geradezu dasselbe wort statt eines andern wiederholt der schreiber noch* 259. 423. 586. 597. 647. 700. 764. 928. 985. 1118. 1233. 1282; *auch nimmt er ein dem folgenden verse gehörendes wort voraus:* 592. 1034. *oder wiederholt ein vorausgehendes* 350. 1106. *was nicht durch ein anderes ersetzt werden muss; ja er schreibt sogar ein und dasselbe wort neben einander* 505. 1123. 1246. — mücsten 406. 409. riuwen 1207. 1208. schœne 645. 674. 678 *und die fast ganz gleichen verse* 1115. 1199 *beruhen wohl auf diesem fehler; doch dürfte bei der leichtigkeit, mit der sich die beiden letzten stellen ändern lassen, nicht leicht ein vorschlag genügende zustimmung finden.* 233. von *ist zu tilgen.* 234. yren gruz. *das possessiv* iren *statt des organischen gen.* ir *darf Konrad vereinzelt nicht abgesprochen werden; jedoch kann es auch hier einschwärzung des schreibers sein, der alle verguss, vgl.* si dunket iuwer rede ein spot und machent alle drúz ir (iren *Strassburger hs)* schimpf *troj. kr.* 17945 *und die ähnliche stelle der* 'von ihrem verfasser dem Konrad von Würzburg aufgelogenen' *erzählung von der birne:* sú mahtent alle uz im irn grus und tribent mit im iren (irn *hs.)* schimpf. *Strassb. hs.* 50ᵗ. 240. vil] wol. *vgl* 279. 242 350 swenn] Wan. 243. Wan ich dich. *diese zeile steht nach* 241 *und ist vorn mit* a. 244 *mit* b *bezeichnet* 249. suc, wee *wechselt mit* se, we; *jedoch steht immer* cc. 250. *lies* dà. 255. Vò erwelten. 256. ritterliche, vppec-liche 1219. *vgl.* 1032. 257. Dorch wonder wart er an gesehen. diu wolle diu wart bi der vrist ze gròzem wunder an gesehen *troj. kr.* 10101; *ferner ze* (zeime) wunder an sehen. kapfen, starn 10164. 15318. 19572. 23059. 26444. 3073. 14689. 258. man spehen. *wenn auch dem verse durch* man gespehen *(Haupt zu Engelh.* 866) *genügt wird, so ist doch* an gesehen: man gespehen *bedenklich (vgl. zu* 700); *auch* herren spehen *hilft nicht;* ritterlich *muss entfernt werden, das auch* 256 *steht. meine besserung wird nicht zu gewagt erscheinen, wenn man unterstellt, dass der schreiber* man *statt*

— 44 —

ritter *und dafür in der folgenden zeile* ritterlichen *schrieb.* ryl. dó si den ritter wunneclich mit ougen an gesähen. man hörte in wol enphähen mit gruoze frouwen unde man; diu sähen in ze wunder an und lopten alliu siniu dinc *troj. kr.* 19568. *vgl. zu* 229. 259. wunneclichen] ritterlichen. 272. eht aber úf] aber. úf *von Haupt zugesetzt. vgl. troj. kr.* 25730. 2590. 36186. 276. gebeine. 279. vil] wol. diu vil keiserliche fruht *troj. kr.* 37977. maget 16811. stift 23179. der v. k. wille *Silv.* 147. daz v. k. wip. *troj. kr.* 313. 28672. *von der minne* 141. *vgl.* 873. 286. hermel. 288. schappel. 291. *der schreiber benützt zu dem blatte, welches jetzt das dritte ist, ein schon beschriebenes, auf dem die beiden ersten zeilen frei gelassen waren und auf dessen* 3., 4. *und* 5. *zeile weit eingerückt, um das fehlende* G *darauf zu setzen, aber ausgestrichen steht:* Ot aller dynge Ein vberkrafft Gyb (*Massmann, kaiserchronik* 3, 105.). *dadurch dass er auf die* 5. *zeile* Von golde *vor* Gyb *setzt, lässt er wohl wegen mangel an raum* ouch *weg.* von golde und ouch von gimmen *troj. kr.* 11293. — *der* Welt lohn 240 *lese ich jetzt* von wibe und ouch von kinden == *schwanr.* 1271, *ebenso turn.* 566 mit rôte und ouch mit wize == *troj. kr.* 19947. *Engelh.* 2969 mit wize und ouch mit rôte; *und so ist* ouch *zuzusetzen turn.* 776. *Engelh.* 2556. — und ouch *vor präpositionen bei dem zweiten substantiv, wenn beide substantive in einer versezeile stehen, habe ich mir aus dem schwanr.* 4 *mal, ausserdem bei Konrad noch* 24 *mal aufgezeichnet.* 293. *lies* an geschriben *mit der hs.* 296. So wer der wonsch an ir bekant. 297. sellden ein. aller saelden überhort, übersoum. überfluz. übermez *troj. kr.* 29369. 5687. 20029. 38897. 298. mute. 304. gelich *Haupt,* so glich. 310. *lies* hât. 316. enthyrben; herscheinen 734. 319. Godefride (*immer* Gode- *für* Got- *in diesem worte*). 323. Verstozzen sin bruder vns doch. 328. 485. 528 zeim] zu, *wo* Haupt z'erbe *schreibt.* 332. gab (*öfter* h *als* p *im auslaute*). 335. gewelde; gewelteclich 481. 1065. 337. verliben. 345. Gnade (*so habe ich noch das* e *getilgt* 437. 465. 491. 611. 770. 1115. 1173. 1199. 538. 753). 350. Vns vffenlich. 356. Prauanden hat. 363. *immer* plegen. plicht, kamp, kempe *neben* kemphe 958, kempen, gelymp, kop, appel gra. 365. hensit. 370. 448. 492. 497. 508. 554. 576. 1068. 1208. 1328 sal. 376. bilche. 380. 425 sô *fehlt.* 382. ist *fehlt.* 384. Warum, darum 803. 388. do keiner. 393. Hirtzoge vñ gewalteg. sin vater was ze (*mit* V) Swäben herzoge vil gewaltic *Otte* 57. got herre (künic, ein vürste) vil gewaltic *Silv.* 1786. *Engelh.* 735. *Silv.* 1814.

405. Enphahen. *die besserung von Haupt zu Engelh.* 4341. 410. wulle mide. 417. lant refiere (*immer*). 423. urliug] kriege. *durch einschieben von* eht *wäre eine bessere betonung hergestellt und der hiatus vermieden; allein* den kriec 408, ze kriege 414 *erheben zur gewissheit, dass hier ein anderes wort für* kriec *stand, vgl. zu* 586. 425. mogen, moge 569; zoge 570. 430. muden. 431. unser, *von Haupt ergänzt, fehlt sowohl in dem verse unter den linien auf* 3ᵈ, *als in demselben verse nach dem unvollendeten, folgenden gedichte auf* 4ᵉ, *wo oben zwei zeilen freigelassen und die*

zwei ersten verse wegen des fehlenden G, *das gross gemalt werden sollte, auf vier zeilen vertheilt sind*: (G) Ot aller dinge ein hoch begin Gyb yn kraft vnd auch sin Daz sie fersyn die cristenheit Den diz buch ist bereit Got herre in diner ewekeit Diner dryer namen vnderscheit Ein gotheit beslozzen hat Din vnderschryben trinitat Gleuben ich herre daz du bist Der got des rat vnd gotliche list Der erden ort des hymels reiff Wislich besloz vnd vmme greiff Den widen gryf also befieng Vnd naturlich zusamen hieng Luft fivr waszer vnd erde Der von hymel her vff erde Sin ewecliche gotheit Mit einer menscheit vnderaneit Vnd sine vil hohe trinitat Alsus vnderbildet hat Vater sun vnd heilger geist In dryen namen ein folleist. *Ebenso ist das* 23ste *blatt der handschrift, auf dem dasselbe gedicht jedoch nur bis vers* 10 *geht, zur fortsetzung des 'schülers von Paris' verwendet worden. Da derselbe schreiber, von dem die ganze handschrift geschrieben, auf diesem blatte nur zwei zeilen nach dem raum für das* G *für die beiden ersten verse bestimmte, so lässt er hoch und auch weg, was einen weiteren beleg für seine nachlässigkeit oder willkür abgibt. vers* 8 *schreibt er* vor sin der. 9. Geleub. 10. gotlicher. 438. Vnd laz vns sine. 447. gelte *in den* altd. w. *ergänzt, vgl.* 546. 451. 1155 wizzent, konnent 1148, muzzent 1154. 459. Was ez. 460. Daz er sine gulde vnd sin lant. ? dêr sine gülte und ouch sin lant, *freilich steht* 458 ouch; *oder* dêr sine gülte und siniu lant *vgl.* 727. 461. Gebe war — truge. *vgl.* 332. 462. inwas nit vngefuge. ungefuoc *troj. kr.* 12956. 21884. 474. 599. 1141 geturste. 476. Dan an. 484. 642. 553 od] Oder, Ader. 486. Wil vns sin helfe niht bi gestan, *wo Haupt liest* wil uns sin helfe niht gestân: *doch vgl.* 711 *neben* swenn im diu helfe min gestât mit vlizeclicher andâht *troj. kr.* 3176. 487. Antwort. 490. *ist auf die letzte zeile von* 3^e *nachgetragen, vorn mit* „a, 491 *mit* .h *bezeichnet, ebenso steht* 660 *unter den linien auf* 5^d. *durch* „a *vor* „h *bei* 661 *gewiesen.* 691 *auf der letzten zeile von* 5^d *ausgestrichen, beginnt die erste zeile von* 6^a. 493. lân *Haupt,* lazzen. 498. gelimpfes *Haupt,* gelymp. 505. vnd vnd vbermutkeit. 515. kennen. sô (daz, doch, hie) weiz ich unde erkenne wol *Engelh.* 4032. *troj. kr.* 1817. 14103. 14441. 22361. 28815. *Pant.* 1712. *abgeändert* wizzen unde erkennen *troj. kr.* 19236. 34431. *gold. schm.* 1826. *Silv.* 4932. iedoch (dâ von, für wâr) erkenne ich unde weiz *troj. kr.* 18152. 22162. *Engelh.* 4615 (*wo jedoch* bekenne *steht*). 516. dorch ir waren schulde solt. 521. dem fürsten] Deme *vgl. zu* 86 *und* 17. 536. 897, *oder mit Haupt* deme von der Sahsen lant. 533 — 534. sie — Gescheide. 542. Ich" wol in der mazze "han. 544. mac *fehlt. das von Haupt vorgeschlagene* wil *hilft dem fehler ab, schien mir jedoch wegen* wil *in der folgenden zeile nicht geeignet.* 546. geldz; leidz 1123. 549. swerte slegen. dô wert er sich mit swinden und mit starken swertes slegen *troj. kr.* 9781 *und Engelh.* 4014. *troj. kr.* 4038. 556. mich ieman *Haupt,* yeman mich. — ? welle eht ieman.

558. arbeit, arbeiten 772. 564. wirt *altd. w.*. wir. 565. Schier in
kortzen stunden. schier unde in kurzer stunde *troj. kr.* 6633. 5660.
schier unde in kurzen stunden 20365. 31733. 37085. *gold. schm.* 1881.
schier unde in kurzer wile *troj. kr.* 8915. 30643. 566. Hie muzzen
tutliche wunden. wer wolte si dâ scheiden? niuwan ein tœtlich
wunde diu müeste bi der stunde ir zweiger vehten understân noch
anders nieman ûf dem plân *troj. kr.* 12759. 572. hermet. permint
Silv. 4694. 578. im *altd. w.*, yn. 580. von *Haupt*, vnder. 583. Den
sygenunft erfehten. *nur noch Silv.* 1148 *das masc. statt des bei Konrad
nur als fem. gebrauchten* sigenuft. 585. ? Brâbánt dâ. 586. *lies* strite
für kriege *der hs. vgl.* 589 *und troj. kr.* 1283 und einen kriec dâ machte,
von dem sich hüebe ein michel strît, *wo die bedeutung von* kriec *rechts-
streit, wie* 551. 555. 569. 579, *klar hervortritt.* k *ist aus s gebessert; der
schreiber setzte also wohl das ihm geläufige* krieg *statt* strit *seiner vorlage.*
ze strite wurden alle gereizet dâ dur sinen tôt *troj. kr.* 25724. 591.
kreften riche. 592. nirgent lebte. 594. und *W. Grimm und Haupt,*
wan. 597. wart] wz. er schein sô freches muotes, daz er zen besten
wart gezalt *troj. kr.* 30125. 598. stritberen. 599. Niemant.

608. frecher *Haupt*, frech. 610. ûz *altd. w.*, *fehlt.* die (smerzen unde
trûtschaft) liez der ritter ellenthaft ûz sinem muote slifen *troj. kr.*
28585. 618. etlicher. 635. Ich stozzen yme. *die altd. w. erklären:
die streitigen sachen (anstösse) durch vertrag beendigen und verweisen auf Halt
aus v. Stoss; allein* die stozzen *statt* die stœze *ist falsch; ich habe* daz ge-
stœrze *gesetzt, und glaube, dass dieses, wie* stôz. zwist, streit (Schmellers
wtb. 3, 662) bedeutet, wenn auch beide wörter nicht in dieser abstracten bedeu-
tung bei Konrad nachzuweisen sind.* 637. kam. 639. schiere *W. Grimm,*
ser. *vgl. Gotfr. Tristan* 373, 16. 640. Als noch. 644. dâ von *altd. w.*,
Des wart. *besser nach der hs.* dês wâr = *Mel.* 13ᶜ. *troj. kr.* 3444. deiswâr *von
der minne* 96 (dast war *Strassb. hs.*). 645. Die schonen do begonden.
vgl. 639 — 643, 648 — 664 *mit* 665 *ff.* 646. An den selben stonden.
647. sorgen] leide *vgl.* 644. in sorgen vaht er unde ranc *troj. kr.* 35758.
nû daz er in der nœte vaht und er mit sorgen ranc alsus 35771.
656. lipnarunge] narunge. lipnarunge *troj. kr.* 535. *Alex.* 407. lipnar
troj. kr. 529. 23777. 657. einre. 658. Yren lute. 660. *ist unten auf
der spalte nachgetragen. steht dadurch* ir (*vgl.* 658. 659. 661) *fehlerhaft?*
665. Und als? 667. aller. 671 — 75 = 1191 — 94. *vgl.* 734 — 35.
676 — 77. Do von sie nieman wolt in binden Vm̄ ir strengez vnge-
mach: *verbessert von Haupt.* 678. 1244 hermecliche. 685. nôtgestalde
s. zu Athis E 76. 690. wê] Owe. 694. milte.

700. was *W. Grimm*, wart. *jedoch führt W. Grimm zur geschichte des
reims s.* 79 *diese stelle* (wart gekrœnet: wart beschœnet) *auf, sowie* wart
bereit: wart geleit *Alex.* 1271. *wo Haupt* was bereit *gebessert hat.* 702.
hymelsche. 1340 hymelschez. 703. kreften. 704. ritterscheften.
705. sie zu flizzen. zuo fliezen, zuo sigen *troj. kr.* 2359. 7170. 15431.

24324. 28093. 38317. 706. Sulle wir. 708. got von hyme. 718.
der — und der *vgl. troj. kr.* 21478 (*druck* unde *für* und der). *Silv.* 5036.
*troj. kr.*27880. *von der minne* 264. *turn.* 698. 722. gnade. 736. blu-
wende. diu blunde *troj. kr.* 17228. 19798. 20680. 752. triuwe *Haupt*,
getru. 756. od aber] Oder. od aber hie (dä) geligen töt *Engelh.* 4642.
troj. kr. 32097. old (od) aber töt *troj. kr.* 8234. 25648. 30480. 6772.
757. der] dirre. 759. und zeime] Nu zu. 760. eht *fehlt.* 764. mit
kampfe] By namen. 762 *ist* m *in* bi (bi namen) *geändert; ich glaube
also, dass der schreiber hier* mit kampfe *schreiben wollte, diesen fehler jedoch
verbesserte, aber auf der andern seite des blattes schon wieder die änderung ver-
gessen hat und* 764 By namen *schrieb* (*vgl. zu* 229). 767. weinde.
769. vngemud. 770. flizeclichen *Haupt*, flizzegen. den göten wart
von ir geseit lop unde flizeclicher danc *troj. kr.* 35355. 774. ougen
unde lider (lide) küssen *troj. kr.* 5346. 37466. *Otte* 725. *hiernach ist* hende
unde lider *Silv.* 5154 *in* ougen unde lider *zu bessern, wie auch der schreiber
der Strassb. hs. in* si vnd ir munt *troj. kr.* 8004 *für* ougen unde munt.
wie die andern handschriften lesen und 9130. 15969 *steht, anstand an dem
worte* ougen *nahm. wahrscheinlich dürfte auch* Ohren *des alten druckes im
Engelh.* 6416 *durch* ougen *ersetzt werden, aber nicht:* ir wange, ir ougen
unde ir munt = *Gotfr. Trist.* 38. 6; *da ich neben* wangen *troj. kr.* 3028.
19953 *keinen nom. oder acc. plur.* wange *bei Konrad nachzuweisen vermag,
sondern:* wangen, ougen unde munt = *troj. kr.* 16736. ougen, wangen
unde munt *Iwein* 7504, munt, hende (wange *B*, wangen *D*) und ougen
7978, munt und hende küssen *troj. kr.* 15840. 775. Gutlich. 781.
sô gendeclichen *Haupt*, So geweldeclichen. 785. zeime] auch zu. ze
kampfe und zeime strite *troj. kr.* 8231. 9333. 31101. 35105. 40401.
vgl. zu 1163. 787. altfater. 790. frawe *in* fruwe *corrigiert, indem* v
über das unterpunctierte a *gesetzt wurde.* 795. sô] Jo. mir *altd. w.*, niht.
805. iuch *altd. w., fehlt.* 810. zauber. 820. dan. 828. iuch ich
altd. w., ich vñ. sleiffen. in einen blâwen pliât diu schœne was ge-
sloufet *troj. kr.* 7465. in lindin tuoch gesloufet wart ez ze keinen
stunden 6076. 831. daz *fehlt.* 840. keinez. 849. swie lützel ez im
tohte *troj. kr.* 36560. 37564. daz din gedanc ze kamphe wênic töhte
35373. 851. sin³ sterke. *altd. w.* sinem drucke (:rucke) *und darnach
Lachmann zum Iwein* 1017. *vgl. gramm.* I³, 161. *Konrad hat nur* rücke
(:gelücke) *troj. kr.* 34754. *Otte* 643. *Engelh.* 4924. enthalten *mit dem gen.
troj. kr.* 9875. 29777. enthalten vor *schwanr.* 859. *troj. kr.* 11975. 856. ein-
ez *Haupt, altd. w.*, ym eins. 873. hermeln. 874. Vnd was sin kop gar
tur gebriden. 875. swart als sam. 878. ab *Haupt*, von. als ob si
von im sî gesniten und êrst ab im gehouwen *troj. kr.* 15298. die töten
von den orsen risen als ab den boumen gelwez loup. 12524. *vgl.* 984.
883. weich unde niht ze rösche *troj. kr.* 5950. glanz unde niht ze tim-
ber (tunkel) 17508. 27496. sanft unde niht geswinde 13978. sament
und niht besunder *Engelh.* 1061. 885. rôt — blanc — brûn *vgl. troj. kr.*

3024—31 *und altd. w.* 1,21. 889. Swinde. 891. heubt mit yme tragen *von dem schreiber in* eyme cragen *gebessert.* 899. her dar. 905. *ez habe ich nach der eigenthümlichkeit Konrads z. b. schwanr.* 932. 933 *gesetzt; Haupt will* alsam; *auch könnte man* reht als *zur abwechslung gegen das vorausgehende* alsam *lesen nach troj. kr.* sin helm lieht unde reine was herte alsam ein adamas und gleiz reht als ein spiegelglas 9584. 906—28. = *turn.* 398—420. *Da das turnier, wozu ich die handschrift in München verglichen habe, demnächst erscheinen wird, so übergehe ich hier die verschiedenheiten beider abfassungen. dort, sowie in den liedern, für die ich eine vergleichung der Pariser handschrift meinem freunde prof. Karl Bartsch verdanke, soll das hier für eine gelegenheitsschrift vielleicht schon zu weit ausgesponnene material in den anmerkungen, das doch nur änderungen des textes rechtfertigen soll, seine ergänzung finden.* 910. striffete *ist von dem schreiber in* striffehte *gebessert.* 914. reht dar in. 915. am (ain?) — adalar. 917. „trug: „klug. 918. 923 phahen. zwô stangen phâwenvederin mit einem rôten samit edel bewunden ûf biz an den wedel, die sach man heften unde kleben an dem rilichen huote eneben sam si gewahsen wœren dran. von sime glanzen helme dan erlûhte diz kleinœte fin *troj. kr.* 33080. *rgl. Engelh.* 2522. 925. plane. 928. schône] beide. *der schreiber wiederholt* beide *aus* 926; *das turn. hat* 418 *und* 420 schône, schone. der (schenkel) stuonden awêne schône gnuoc geschrenket drûf in kriuzewis und wâren die durch hôhen pris durslagen rôt von golde fin *troj. kr.* 33103. in criucewis *Silv.* 1952. in kriuzestal *Pant.* 2083. 929. ziemer; koller 1086. gezogt. 933. selber. 934. fur. 937. plâne *scheint hier verdächtig, da es schon* 954 *wiederkehrt, allein das im troj. kr. häufige* ûf der plânie grüene *war nicht wegen* plânie 925 *zu setzen,* plûniure *steht* 999. heide 944. 1012. (1091. ûf daz grüene gras und zuo des plânes melme); *sollte hier* ûf dem gevilde grüene *wie troj. kr.* 33326. 34143 *gestanden haben?* — *vgl. schwanr.* 1059. 1062. 1066. 1069. 1070. 1073. 1097. 1098. 1100, *sowie* 654. 670. 729. 736. 768 *neben* 645. 674. 678 (*s. die anm. zu* 229). 942. *das* t *in* Gesetzet *ist übergeschrieben.* 949. Den kamp gerne schauwen do da. *da die altd. w.* do *ohne weitere angabe wegliessen, so besserte Haupt* gar gerne *oder* vil gerne. 952. ein] yn. ein striten *troj. kr.* 3940. 12736. 16864. 39286. 39710. 955. durch] Von. der wert begunde erkrachen durch den griuwelichen schal *troj. kr.* 9849. erkrachen von 10539. 12561. 16407. 25840. 963. "ge" biegen furen *d. h.* furen *soll sich an* ge *anschliessen, oder lässt diese änderung auf noch grössere verderbnis schliessen, dass es heissen muss* ûf unde nider füeren = *troj. kr.* 39478, *weil* zetal *schon* 969, *wo es durch den reim verbürgt ist, wiederkehrt!* — ûf und zetal biegen *turn.* 749. *troj. kr.* 30970. 35880. ûf und ze tal wegen 35604. 974. ritter *ist über* saaze *geschrieben.* 975. *hier und in der gleichlautenden stelle* turn. 215 *fehlt* dô; *allein in den zwei ersten der folgenden stellen des troj. kr. mangelt das zweite* dâ *auch nicht einer handschrift:* Pârisen er beruorte, dâ man den helm dû stricket.

daz er vil nâch genicket was ûz dem satele hinder sich. daz im der
angesthære stich henam niht sinen lebetagen, daz schuof daz golier,
daz den kragen verdecket hete mit ir kraft *troj. kr.* 34539. dâ man
den helm dâ knûpfet traf in der stolze degen zier 36220. in traf der
edel Hector mit einem ungefüegen sper sô sêre an sinen kragen her,
dâ man den helm dâ stricket, daz er zehant genicket was über sinen
satelbogen 39493. *die stelle des turn.* 215 — 220 : (Richart Gotfriden
traf aldâ,) dâ man den helm dâ stricket, daz er zehant genicket
wart ûz dem satele hinder sich und in der ungefüege stich mit kraft
und mit gewalte zuo der plânie valte *hat der umarbeiter des Laurin nach*
dô traf in der Laurîn *Pommersfelder hs. f.* 83ᵃ, *Koppenhagener* (*bei Nyerup*
ap. 11, 1), *Regensburger* 75ᵇ, *Wiener nr.* 3007 34ᵇ, *Wiener nr.* 2959 64ᵇ (*welche*
von v. 2383 *des alten drucks in diese andere bearbeitung übergeht). Zeitter* 29ᵇ
(*bei Haupt* XI, 509, v. 322), *Frankfurter* 17ᵈ [*die Münchener beginnt erst später*]
eingeschoben. Zu dieser umarbeitung gehört der text, den die Strassburger hs.
(*f.* 7ᵇ), *die alten drucke (der o. u. j.* 689 — 694) *und die umarbeitung der*
drucke (Schade 647 — 652. *Ettmüller* 693 — 698) *bieten* 976. nah.
977. ? ûz *rgl. die zu* 975 *angeführten stellen und* daz in der ungefüege
stich bald ûz dem satele nebent sich zuo dem gevilde brühte nider
troj. kr. 36206. 981. Mitten. die lanzen brach er und den schaft
enmitten ûf dem schilte sin *troj. kr.* 35995. 984. sie aber yn. 985.
Die scheft vnd ouch die spriezzen. ein ander si dâ trâfen sô vaste
mit den scheften daz von ir stiches kreften die lanzen beide sich
ercluben und in diu wolken ûfe stuben die schivern und die sprizen
troj. kr. 3935. *rgl.* ze (von) schivern und ze (von) sprizen 12231. 32147.
40160. ze stücken und ze schivern *turn.* 213. ze sprizen und ze dro-
men *troj. kr.* 33900. ze stücken und ze trunzen 6041 *und ausserdem*
12011. 33607. 39444. 34535. 992. weder. 998. ender. 1000. stup
vô wilden.

1001. gneiste] geniste. rôtgemâl *gramm.* II, 663, rot gefal. si
sluogen daz die gneisten (: geleisten) des wilden fiures dicke alsam die
donreblicke ûz dem gesmide sprungen *troj. kr.* 3958. er sluoc, daz
manic gneiste des fiures ûz den helmen stoup 12584. vil manic gneiste
rôtgevar 34578 *und* 33127. 33440. 33927. wizgemûl 31807. swarz-
gemâl 22451 *und häufig* liehtgemâl. 1004. do niht bliben. 1005. foch-
ten. 1006. Slag vñ slag. 1013. Triben sich vm. ein ander si
sich umbe triben *Engelh.* 4902. 1019. Bestrauwet. 1025. vñ geben.
1031. daz] den. 1032. vngefuge; vertane 1211. 1034. dô *altd. w.*,
han. 1035. lyngten. 1038. nieman. 1040. reht *fehlt*. ir hant snê-
wiz reht als ein harm *troj. kr.* 23110. — ? den swanen. 1042. ? kloup.
vgl. spielt 1028. dô sluoc Anthilion der helt Pârisen ûf des schiltes
rant. daz er sich cloup von sîner hant und einen wîten spalt en-
phienc *troj. kr.* 33160. mit dem (*schwerte*) sô kloup er unde spielt helm
unde gebel im enzwei 32580. 1045. gewaffen. 1046. die spalier.

4

1047. Die. 1049. Gestrúchelt dot vñ wont. gestrúchet sin *Haupt*,
altd. w. — ze tôde wunt *troj. kr.* 16617. 20807. 22607. 25540. 25750. 39386:
tôtwunt 25728. 40087. 1050. nahe. 1054. den. 1056. nú} noch. 1063.
wan sin lebetage: trage. 1075. daz *altd. w.*, Der. 1086. die koller
vñ kragen. gollier. collier *troj. kr.* 83191. 84544. 36222. 1088. in
altd. w., ym. daz in diu scharpfiu snide von simo lebetagen schiet
troj. kr. 89629. vil geste er von dem libe schiet 89346.
1106. wart er. 1111. *steht nach* 1112 *und ist mit* a, 1112 *mit* b *be-
zeichnet.* 1115. tugent ein richer. — ? trût herre. tugentricher helt =
troj. kr. 8039. ? friunt herre *troj. kr.* 8094. 9100. 9226. 9240. 9489. 1118.
tuot] hat. tuot mich sin minneclicher trôst von sender swære niht
erlôst *troj. kr.* 8977. ich sol den künic reine mit miner helfe tuon
erlôst 8771. 1123. 'die lücke wird (altd. w. s. 50) enthalten haben, wie
der schwanritter nach dem siege zum lohn sich die tochter wählt, die hochzeit-
feierlichkeiten, das verbot nach seinem geschlecht und seiner herkunft zu fragen
und die erste glückliche zeit, wo die frau die neugierde noch bezähmt und die
frage zurückhält.' — iamer jamer. 1126. von vngemudez. mir wont
sô riche sælde bi *troj. kr.* 1938. sô wont dir manic tugent bi *Silv.* 2547.
1127. *über* zu *steht* durch. 1138. ir *fehlt.* 1148. *lies* kunnen. 1155. vmme.
1163. zcime, 1339. zeiner] zu. *ausser den zu* 785 *aufgeführten stellen habe
ich ze— und zcime (zeiner) in einer zeile schwanr.* 1121 *und noch* 11mal *bei
Konrad gefunden.* 1164. Daz kiesen ich dar anc vñ bi. dar under —
und dâ bi *Silv.* 375. dâ (dar) — und dâ (dar) *gold. schm.* 71 *und im
troj. kr.* 12mal. 1171. zebrochen: versprochen, 1177 zetrennet: er-
kennet. *meidet der schreiber hier* zer-: ver-. er-? zerbreche: verspreche
troj. kr. 21649. erstochen: zerbrochen 33692. *u. s. w.* 1191. gar] vil.
1199. ?herr unde herzelieber man = *troj. kr.* 10329: *wenn man* 1115
nicht ändern will. das erste t *in* tugentricher *ist aus einem andern buch-
staben gebessert.*

1200 — 1. Den ich vor alle die werlt han Vnd wol gan eren vñ
gudes. *Haupts besserungsvorschlag* den ich für al die werlt wil hân *lässt ausser
dem verwerflichen* hân: man *die folgende zeile ausser acht. in* vil êren unde
guotes = *Alex.* 70. *troj. kr.* 6654 *könnte vielleicht wol für* vil *beibehalten werden
nach* wan ich gan im êren wol 4859. *zu* vor aller werlte *vgl.* ob ich dir
vor allen wiben guotes gan *Heinr. v. Morungen, minnesangs frühling* 137.27,
1207. rein˙. 1210. wande. *vgl. troj. kr.* 18996. 18278. *Engelh.* 3326.
1213. ich *altd. w.*, *fehlt.* 1223. Die von vch beide. 1227. Gewun-
net *ist aus* Gewunnes *gebessert.* 1229. Getrulichen. 1231. martelicher.
-en 1297. 1233. jâmer] leide. *vgl.* 1214 *und* 1195 *mit* 1198. 1236.
Darumme doch ic da nit bleip. 1246. sel segel. 1249. auge. 1263.
lebende: vergebende. 1267. fuzze. 1275. leit. 1278. wunnencliche
far. 1282. minnecliche] wunnencliche. *vgl.* 1278. *die verwechslung von
minne und wunne begegnet so häufig (so liest z. b. im troj. kr.* 19539 *die
Strassburger hs. umgekehrt* minne spil. *wo die Berliner, Würzburger, Zeiler*

und Sanct Galler hs. wunne spil *haben)*, *dass man nicht einmal annehmen muss*, *der spätere schreiber habe hier* minne *aus dem zu Engelh.* 977 *angegebenen grunde gemieden*, *wie in Bechsteins handschrift in der mähre von der minne, wo z. b.* 14 Von miniglichen dingen *von späterer hand die änderung* wuniglichen *erfahren musste vnd schon gleich im anfange dieses gedichts*. Das lautterliche mynne *in* Das der libe gewiu (: yn meines hertzen sinne) *verderbt wurde.* 17. *lese ich nun mit der Heidelberger hs.* mit inneclichen ongen. — nu bräht im aber sin friunt der swan ein kleine gefüege seitiez *Parz.* 826.16. nü quam mit ile üf einem schif sin friunt der swan *Lohengrin* 723, 1. *Jac. Grimm deutsche mythologie s.* 343. 1287. sahffeline. 1289. dragen. *zu Alex.* 1313 wart tragen: ze sagen (*nur aus der Innsbrucker hs.*) hat Haupt schon bemerkt, *dass die zeilen nicht rein sind*, *hier und* 60 zu klagen: sagen *konnte leicht gebessert werden.* 1296. Die sach man. die *aus* 1295. ? si sach man. 1298. munden ru (: dru). *da der schreiber doch nicht sein* vch (*s. zu* 126): driu *setzen konnte*, *so hilft ihm um so leichter* ru *aus*, *da er auch* getru 752 *und* getrulichen 1229 *schreibt.* iu (: driu) *Engelh.* 711. 8501. iu (: spriu) *troj. kr.* 12705. 18258. 21151. driu (: gámahiu) 3051. *gold. schm.* 1898.

1302. weinde alle. in *fehlt.* Haupt *entfernt durch die schreibung* weincte den *hiatus. vgl.* si weinte in gar von grunde *Engelh.* 2259. er kunde in weinen unde klagen mit liuterlicher andäht 5820. man hörte in weinen unde clagen die Kriechen algeliche *troj. kr.* 40060. 1304. geswinde *von Haupt zu Engelh.* 716 *angeführt*, swinde. *nach* vil — und ouch vil — *Engelh.* 654. 1025. *von der minne* 241. *troj. kr.* 6395. 11419. 15168. 37607 *könnte man hier* und ouch vil swinde *schreiben*, *wenn nicht* ouch 1302 *stünde. aber im Engelh.* 5631. 5966 *wird* ouch *einzufügen sein*, *wie ja daselbst* 5229 ouch vil *zugesetzt ist*, *wenn nicht* gróz *für* michel *geändert wurde*, *es also der* michel unde schœne was hiess. 1307. sinen strazzen. waz touc hie lange rede mê? Jáson vuor sine stráze alsus *troj. kr.* 6891. 1308. kwam her wider (*vgl. zu* 316). 1312. h'tzoginnen. 1319. *das zweite* vil *fehlt. vgl. zu* 1304. 1320. beidiu *schlägt Haupt zu Engelh.* 716 *vor*, beide. *oder* beide und ouch? *belege dafür sollen die anmerkungen zu den liedern (bei Hagen MS.* II. 314. 8) *bringen.* 1326 — 27. Lohengrin 503. 1 — 3. 1338. kwamen. 1342. Da vone gleub ich dester. 1343. liezze. 1349. vor eine lude. daz wil ich hân für eine lüge *troj. kr.* 31012. 1352. Disc. 1358. der] Den. got gebe in stæter vröiden hort und êweclicher wunnen rät *Alex.* 1876. si niezent höher fröuden hort *Silv.* 1439. höher sælden hort 240. êweclicher sælden hort 200. fröudericher hort *Alex.* 403.